suhrkamp taschenbuch 986

Flann O'Brien (eigentlich Brian Nolan) wurde 1911 in Straban, Grafschaft Tyrone, geboren. In Dublin studierte er Gälisch, Deutsch und klassische Philosophie. Er war erst im Regierungsdienst, lehrte dann am University College und schrieb für irische und amerikanische Zeitungen, so seit 1940 regelmäßig unter dem Pseudonym Myles na Gopaleen für die *Irish Times* satirische Beiträge in gälischer Sprache. Von seinen fünf Romanen sind drei in deutscher Übersetzung erschienen: *At swim two Birds* 1939 (*Zwei Vögel beim Schwimmen* 1966), *The hard Life* 1961 (*Das harte Leben* 1964) und *The Dalkey Archive* 1964 (*Aus Dalkeys Archiven* 1979). O'Brien starb 1966 in Dublin.

Flann O'Brien – ein Lieblingsautor von James Joyce – zählt in Irland zu den meistgelesenen Autoren. Als das Buch, dessen Herausgeber und Übersetzer er, wenngleich unter verschiedenen Namen, in Personalunion ist, 1941 in irischer Sprache erschien, brach über das Haupt des Verfassers der Zorn all derer nieder, die sich selbst für die Hüter der irischen Sprache und Tradition hielten.

Erzählt wird die Geschichte von Bonaparte O'Coonassa, von seinem einzigen schmerzhaften Schultag und seitherigen Müßiggang, seiner Bedrohung durch das Seeungeheuer, seiner kurzen Ehe und noch kürzeren Vaterschaft, seiner Verurteilung zu neunundzwanzig Jahren Gefängnis, wo er seither »heil und sicher, gegen die Widrigkeiten des Lebens gefeit« irisches Schicksal absitzt.

Flann O'Brien
Irischer Lebenslauf

Eine arge Geschichte vom harten Leben
Herausgegeben von Myles na Gopaleen
Aus dem Irischen ins Englische übertragen
von Patrick C. Power
Aus dem Englischen ins Deutsche übertragen
von Harry Rowohlt

Suhrkamp

Titel der irischen Originalausgabe: *An Béal Bocht*
Titel der englischen Ausgabe: *The Poor Mouth*
Die deutschsprachige Ausgabe erschien unter dem Titel
Das Barmen 1977 in der *Bibliothek Suhrkamp*
Illustrationen von Ralph Steadman
Umschlagabbildung: Harald Mante/
Bildarchiv Bucher, München

suhrkamp taschenbuch 986
Erste Auflage 1984
© Hart-Davis, MacGibbon Ltd., London 1973
© der deutschen Ausgabe Suhrkamp Verlag
Frankfurt am Main 1977
Suhrkamp Taschenbuch Verlag
Alle Rechte vorbehalten, insbesondere das
des öffentlichen Vortrags, der Übertragung
durch Rundfunk und Fernsehen
sowie der Übersetzung, auch einzelner Teile.
Druck: Nomos Verlagsgesellschaft, Baden-Baden
Printed in Germany
Umschlag nach Entwürfen von
Willy Fleckhaus und Rolf Staudt

Das Barmen
Eine arge Geschichte vom harten Leben

*»Wird ein Stein geworfen,
weiß niemand, wohin er fällt«*

THE POOR MOUTH
(An Béal Bocht)

A bad story about the hard life

Edited by

MYLES na GOPALEEN
(FLANN O'BRIEN)

Translated by
PATRICK C. POWER

and Illustrated by
RALPH STEADman

'if a stone be cast, there is no foreknowledge of where it may land' p.

LIMITED EDITION PUBLISHED BY
BERNARD JACOBSON LTD LONDON
IN association with

HART-DAVIS, MACGIBBON LONDON

Geleitwort des Übersetzers

An Béal Bocht, das gefeierte satirische Werk, im Jahre 1941 zum ersten Mal publiziert, liegt hier in seiner ersten Übersetzung unter dem Titel *The Poor Mouth* vor. Auf Gaelisch und im anglo-irischen Dialekt bedeutet »putting on the poor mouth«, daß man Armut oder widrige Umstände vorspiegelt, um bei Gläubigern oder zukünftigen Gläubigern Vorteile für die eigene Person zu erlangen. Es kann auch, will man dem Lexikographen Dr Patrick Dineen folgen, einem Gelehrten, dem Myles na Gopaleen nur kargen Respekt gezollt hat, schlicht »nörgeln« bedeuten.

Der Autor, Brian O'Nolan, der unter seinem *nom de plume* Myles na Gopaleen schreibt, war ein verdienstreicher gaelischer Gelehrter, und in diesem Werk handhabt er diese Sprache auf so meisterliche, wenngleich idio-synkratische Weise, daß die Übersetzung zeitweilig zu einer recht fordernden Aufgabe wird.

Der Text der dritten, um etliche Einschiebsel und Berichtigungen vermehrten Auflage liegt unserer Übersetzung zugrunde. Wo immer diese Ausgabe uns mit Schwierigkeiten oder Mehrdeutigkeiten konfrontierte, wurden die vorhergegangenen Ausgaben konsultiert. In deren Text hatte der Autor einige humoristische »Übersetzungen« einzelner Worte eingefügt, die er am Seitenende als Fußnoten aufführt. Diese tauchen nur im ersten Kapitel der dritten Auflage auf und sind hier am Ende des Buches als Anmerkungen beibehalten worden.

In *The Poor Mouth* kommentiert Myles gnadenlos das irische Leben schlechthin und nicht nur die Gaeltacht. Worte wie »schwere Zeiten«, »Armut«, »Trunkenheit«,

»geistige Getränke« und »Kartoffeln« tauchen im Text mit nahezu monotoner Regelmäßigkeit auf. Die Atmosphäre dampft förmlich vor Regen und regelmäßigen Niederschlägen, und mit unermüdlicher Eindringlichkeit spricht der Autor von Menschen, die sich »zur Ewigkeit rüsten« u. dergl. Die Schlüsselwörter in diesem Werk sind sicherlich »Niederschläge«, »Ewigkeit« und »Kartoffeln«, alles gegen einen Hintergrund aus Schmutz und Armut abgesetzt.

Die vorherrschende Schwierigkeit, welche den Übersetzer des Werks begleitete, gründete sich auf Myles' Eigenart, den Stil gewisser gaelischer Autoren zu parodieren; genannt seien hier nur Máire (Séamas Ó Grianna) von den Rosses, den bewaldeten Vorgebirgen in der Grafschaft Donegal, und Tómas Ó Criomthainn von der Great-Blasket-Insel in der Grafschaft Kerry. Diese abschreckende Aufgabe stellt sich stets unausweichlich dem Übersetzer, dessen Wunsch es ist, die subtilen Nuancen und Würzen des Originals in eine andere Sprache zu übertragen.

Zu lange war *An Béal Bocht* all jenen unzugänglich, die der Kenntnis der gaelischen Sprache entrieten oder deren Kenntnisse zum befriedigenden Verständnis des satirischen Werks von Myles nicht ausreichten. Es wird Zeit, daß dieses Werk, das als ätzendes Salz in den Wunden, die seine offiziellen Freunde dem gaelischen Irland beigebracht haben, hätte wirken sollen, nunmehr in der zweiten Amtssprache Irlands seinen Siegeszug antritt. Daß es dies tue, ist Wunsch und Hoffnung des Übersetzers.

Patrick C. Power M. A., Ph. D.

Geleitwort zur ersten Auflage

Ich glaube, dies ist das erste Buch zum Thema Corkadoragha. Es ist aktuell, sein Erscheinen daher angebracht, denke ich. Von großem Vorteil sowohl für die Sprache als solche sowie auch für jene, die sie zu erlernen suchen, ist der Umstand, daß ein kleiner Bericht über die Menschen, die jene abgeschiedene Gaeltacht bewohnen, endlich vorgelegt wird, daß, weiter, ein wenig Rechenschaft abgelegt wird über das gebildete, geschmeidige Gaelisch, das sie zu sprechen pflegten. Dies Dokument befindet sich in ebenjenem Zustand, in dem ich es aus der Hand des Autors empfing, wenn man davon absieht, daß weite Strecken des Originals aus Gründen des Platzmangels und weil ferner unpassende Themen in ihm ihren Niederschlag gefunden hatten, ausgelassen wurden. Trotzdem liegt das Zehnfache an Material für ein interessiertes Publikum bereit, welches sich nach Veröffentlichung dieses Bandes sicher ungeduldig melden wird.

Aus naheliegenden Gründen betrifft alles hier Erwähnte nur Corkadoragha, und man hüte sich davor, voreilige Schlüsse auf die gesamte Gaeltacht zu ziehen; Corkadoragha ist ein ganz besonderer Ort, und die Menschen, die dort leben, sind unvergleichlich.

Ein Quell des Jubels ist für mich die Tatsache, daß der Autor, Bonaparte O'Coonassa, immer noch unter den Lebenden weilt, sich heil und sicher im Gefängnis befindet und somit gegen die Widrigkeiten des Lebens gefeit ist.

1941, am Tag des Mangels *Der Herausgeber*

Vorwort

Man muß leider sagen, daß das gaelische Volk weder Lob noch Empfehlung verdient – zumindest nicht jene seiner Kinder, die man zu den begüterten Klassen oder (nach ihrer eigenen Einschätzung) zu den großen Tieren rechnet –, haben sie es doch zugelassen, daß ein Faszikel wie *The Poor Mouth* so viele Jahre lang nicht zur Drucklegung gelangte; so daß weder Jung noch Alt die Gelegenheit erhielten, es zu sehen, noch Weisheit, Scharfsinn und Kraft aus den Taten jener ungewöhnlichen Gemeinde zu ziehen, die weit im Westen in Corkadoragha lebt – die Saat der Starken und die Krone der Habenichtse.

Bis auf den heutigen Tag leben sie dort, doch vermehren sie sich nicht, und der süße gaelische Dialekt, den man häufiger in ihrem Mund antrifft als einen Brocken Nahrung, entwickelt sich nicht weiter, sondern eher schwindet er wie vom Rostfraße befallen. Von diesem Umstand abgesehen, dünnt Emigration diese abgelegenen Gegenden aus; die jungen Leute wenden sich Sibirien zu – in der Hoffnung auf besseres Wetter und Erlösung von Kälte und Sturm, die diesen Gegenden eigentümlich sind.

Ich empfehle dieses Buch für jede Behausung, jeden Landsitz, in denen zur Stunde noch die Liebe zu den Traditionen unseres Landes haust, jetzt, da, wie Standish Hayes O'Grady sagt, »der Tag sich seinem Ende neigt und die süße, wehrlose Muttersprache schon fast verklang«.

1964, am Tag des Untergangs   *Der Herausgeber*

1. Kapitel

Warum ich das Wort ergreife ♣ *meine Geburt*
meine Mutter und der Alte-Graue-Knabe
unser Haus
die Schlucht, in der ich geboren wurde
die Nöte der Gaelen in früheren Zeiten

Ich schreibe die Angelegenheiten, die in diesem Dokument abgehandelt werden sollen, nieder, denn das nächste Leben nähert sich geschwind – fern bleibe uns das Böse, und möge mich der Geist des Übels nicht als Bruder betrachten! – und auch weil es unseresgleichen nie wieder geben wird. Es ist nur recht und billig, daß Zeugnis abgelegt werde von den Zerstreuungen[1] und Abenteuern[2] unserer Zeit für jene, so nach uns kommen werden, denn unsere Gattung wird es nie wieder geben, geschweige denn ein anderes Leben in Irland, das mit unserem vergleichbar wäre, welches nicht mehr existiert.

O'Coonassa ist mein Nachname in Gaelisch, mein Vorname ist Bonaparte, und Irland ist mein kleines Vaterland. Ich entsinne mich nicht wahrhaft des Tages meiner Geburt, noch der ersten sechs Monate, die ich hier auf dieser Welt zubrachte. Es kann jedoch kein Zweifel darüber bestehen, daß ich zu jener Zeit am Leben war, obwohl ich keine Erinnerung daran besitze, denn hätte ich damals nicht existiert, dann gäbe es mich jetzt nicht, und dem Menschenwesen teilt sich – genau wie jedem anderen lebenden Geschöpf – die Vernunft nur mählich mit.

Am Abend vor meiner Geburt geschah es, daß mein

Am Abend vor meiner Geburt geschah es, daß mein Vater zusammen mit Martin O'Bannassa auf dem Hühnerstall saß; man spähte in den Himmel, um sich ein Bild vom Wetter zu machen und plauderte wohl auch ernsthaft und ruhig über die Unbilden des Lebens.
– Nun, Martin, sagte mein Vater, der Wind steht von Norden, und um die White Bens spielt ein wenig einladender Zug; bevor noch der Morgen anbricht, wird es Regen geben und eine ekelhafte stürmische Nacht dazu, die uns zum Beben bringen wird, selbst wenn wir uns inmitten des eigentlichen Betts befinden. Und sieh dorthin! Martin, ist es nicht von schlechter Vorbedeutung, wenn sich die Enten in die Nesseln kauern?

Vater zusammen mit Martin O'Bannassa auf dem Hühnerstall saß; man spähte in den Himmel, um sich ein Bild vom Wetter zu machen und plauderte wohl auch ernsthaft und ruhig über die Unbilden des Lebens.
Nun, Martin, sagte mein Vater, der Wind steht von Norden, und um die White Bens spielt ein wenig einladender Zug; bevor noch der Morgen anbricht, wird es Regen geben und eine ekelhafte stürmische Nacht dazu, die uns zum Beben bringen wird, selbst wenn wir uns inmitten des eigentlichen Betts befinden. Und sieh dorthin! Martin, ist es nicht von schlechter Vorbedeutung, wenn sich die Enten in die Nesseln kauern? Schrecken und Unglück werden heute nacht über die Welt kommen; das Übel und der Seekater werden in der Dunkelheit umgehen, und wenn mich nichts trügt, wird keinem von uns beiden je wieder günstigeres Geschick winken.
– Nun, in der Tat, Michelangelo, sagte Martin O'Bannassa, gar nicht gering ist, was du sagtest, und wenn du recht hast, so hast du nicht eine einzige Lüge ausgesprochen, sondern die Wahrheit selber.
Ich wurde um Mitternacht im Ende des Hauses geboren[3]. Mein Vater hatte nie mit mir gerechnet, denn er war ein stiller Mensch und mit den genauen Umständen des Lebens nicht sonderlich vertraut. Mein kleiner kahler Schädel versetzte ihn in ein solches Erstaunen, daß er beinahe aus diesem Leben schied, als ich es betrat, und es war tatsächlich ein Elend und überaus schädlich für ihn, daß er es nicht wirklich tat, denn nach jener Nacht gab es für ihn nie mehr etwas anderes als nicht enden wollendes Mißgeschick, und die Welt zerstörte und zerfetzte ihn und raubte ihm für den Rest seines Lebens die Gesundheit. Die Leute sagten, meine Mutter habe

mich ebenfalls nicht erwartet, und es ist Tatsache, daß ein Geflüster umging, welches besagte, ich sei gar nicht von meiner Mutter, sondern von einer anderen Frau geboren worden. All das indessen ist nur Gerede der Nachbarn und kann auch nicht mehr nachgeprüft werden, weil alle Nachbarn tot sind und weil es ihresgleichen nie mehr geben wird. Meinen Vater sah ich nicht, bis ich erwachsen war, aber das ist eine andere Geschichte, und ich werde sie an anderer Stelle dieses Dokuments erwähnen.

Ich wurde im Westen Irlands in jener schrecklichen Winternacht – mögen wir alle gesund sein und in Sicherheit! – an einem Platz namens Corkadoragha und in einer Gemeinde namens Lisnabrawshkeen geboren. Ich war zur Zeit meiner Geburt noch sehr jung und auch noch um keinen Tag gealtert; ein halbes Jahr lang nahm ich nichts um mich herum wahr und konnte keine Person von der anderen unterscheiden. Weisheit und Verständnis jedoch keimen im Geiste jedes Menschenwesens stetig, beständig und verstohlen, und ich verbrachte jenes Jahr auf der ganzen Breite meines Rückens liegend, wobei meine Blicke flink mal auf Dieses, mal auf Jenes in meiner Umgebung schweiften. Ich bemerkte meine Mutter im Haus vor mir, eine anständige, stramme, grobknochige Frau; eine stille, barsche, großbusige Frau. Sie sprach selten mit mir und schlug mich oft, wenn ich im Ende des Hauses schrie. Die Schläge waren von geringem Nutzen, um den Tumult abzustellen, denn der zweite Tumult war schlimmer als der erste, und, wenn ich eine weitere Tracht Prügel empfing, war der dritte Tumult schlimmer als der zweite. Trotzdem war meine Mutter verständig, klarblickend und gut ernährt; es wird ihresgleichen nie wieder geben. Sie verbrachte ihr Leben mit der Reinigung des Hauses; sie fegte Kuhmist und Schweinemist von der Haustürschwelle, sie machte Butter und melkte die Kühe, sie webte und kämmte Wolle und arbeitete am Spinnrad, wobei sie betete, fluchte und große Feuer entfachte, um ein Hausvoll Kartoffeln zu kochen, damit der Tag des Verhungerns abgewendet werde.

Es gab noch eine andere Person im Hause vor mir – einen alten, krummen, gebeugten Knaben mit einem Stock, dessen halbes Gesicht und gesamter Brustkorb unsichtbar waren, weil ein wilder, wollgrauer Bart den Blick versperrte. Der unbehaarte Teil seines Gesichts war braun, zäh und runzlig wie Leder, und zwei scharfe, schlaue Augen blickten aus ihm hervor und mit der Eindringlichkeit einer Stecknadel in die Welt. Ich habe nie gehört, daß man ihn anders als den Alten-Grauen-Knaben nannte. Er lebte in unserem Haus, und sehr oft waren meine Mutter und er geteilter Meinung, und bei Gott, es war unglaublich, welche Mengen von Kartoffeln er vertilgte, welcher nie versiegende Redefluß von ihm ausging und wie wenig Arbeit er auf dem Hof verrichtete. Zu Beginn meiner Jugend dachte ich, er sei mein Vater. Ich weiß noch, wie ich eines Abends in seiner Gesellschaft saß, wir beide starrten friedvoll in die große Masse roten Feuers, auf das meine Mutter einen Topf Kartoffeln gehievt hatte, so groß wie ein Schweinetrog –; sie selbst war in stillen Verrichtungen im Ende des Hauses tätig. Nun geschah es, daß die Hitze des Feuers mich versengte, aber zu der Zeit konnte ich noch nicht gehen und besaß nicht die Möglichkeit, der Hitze aus eigener Kraft zu entrinnen. Der

Alte-Graue-Knabe gab mir einen Blick aus seinem Auge und verkündete:
– Ganz schön heiß, mein Sohn!
– Von diesem Feuer geht allerdings eine schreckliche Hitze aus, erwiderte ich, aber bitte, Sir, Sie haben mich eben zum ersten Mal ›Sohn‹ genannt. So könnte es doch sein, daß Sie mein Vater sind und ich ihr Kind bin, möge Gott uns schützen und erretten, und möge übel Ding uns fern bleiben!
– Das trifft auf dich nicht zu, Bonaparte, sagte er, denn ich bin dein Großvater. Dein Vater ist zur Zeit weit fort, aber sein Name und Zuname lautet in seiner gegenwärtigen Behausung Michelangelo O'Coonassa.
– Und wo ist er?
– Er ist im Häfen! sagte der Alte-Graue-Knabe.
Zu jener Zeit war ich erst im zehnten Monat meines Lebens, aber sobald ich die Gelegenheit fand, blickte ich in den Hafen. Er enthielt nichts als saure Milch, und es dauerte lange, bis ich die Bemerkung des Alten-Grauen-Knaben verstand, aber das ist eine andere Geschichte, und ich werde sie an anderer Stelle in diesem Dokument erwähnen.
Es gibt noch einen anderen Tag in meiner Jugend, der klar in meinem Gedächtnis verzeichnet ist und überaus gut zu beschreiben. Ich saß auf dem Fußboden des Hauses, war immer noch unfähig zu gehen oder auch nur zu stehen und beobachtete, wie meine Mutter das Haus fegte und das Kaminfeuer säuberlich mit der Feuerzange ordnete. Der Alte-Graue-Knabe kam vom Feld herein und betrachtete sie, bis sie mit der Arbeit fertig war.
– Frau, sagte er, es ist schädliche und wenig zeitgemäße

Arbeit, die du da verrichtest, und du kannst sicher sein, daß das Ergebnis dieser Arbeit weder gute noch feine Unterweisung für jenen Burschen ist, der dort auf seinem Hinterteil den Fußboden unseres Hauses bewohnt.
– Jedes deiner Worte und nahezu jedes deiner Geräusche sind für mich von großer Süßigkeit, sagte sie, jedoch, um ehrlich zu sein, verstehe ich nicht, was du sagst.
– Nun, sagte der Alte-Knabe, als ich blutjung ein Bursch noch war und im Wachstum begriffen, war ich (wie jedem Leser der guten gaelischen Bücher sonnenklar ist) ein Kind in der Asche[4]. Du hast alle Asche des Hauses ins Feuer zurück gekehrt oder auf den Hof gefegt, ohne das Geringste für das arme Kind auf dem Fußboden übrigzulassen – er deutete mit dem Finger auf mich –, damit es sich in dieselbe begeben kann. Es ist eine unnatürliche und ungeregelte Erziehung und Aufzucht, die er ohne die Erfahrung mit der Asche genießen wird. Deshalb, Frau, ist es schandhaft für dich, den Kaminabsatz nicht voller Schmutz und Asche zu lassen, so, wie das Feuer sie zurückgelassen hat.
– Nun gut, sagte meine Mutter, wo du recht hast, hast du recht, obwohl deine Rede selten vernünftig ist, und so werde ich freudig alles dorthin zurücktun, von wo ich es fortgefegt habe.
So geschah es. Sie holte einen Eimer voll Kehricht, Schlamm und Asche und Hennendung von draußen und breitete seinen Inhalt freudig um die Feuerstelle vor mir aus. Als alles sorglich bereitet war, kroch ich zum Kamin und wurde für fünf Stunden ein Kind in der Asche – ein grüner Bursch, der in der alten gaelischen Tradition aufwuchs. Später wurde ich gegen Mitter-

Sie holte einen Eimer voll Kehricht, Schlamm und Asche und Hennendung von draußen und breitete seinen Inhalt freudig um die Feuerstelle vor mir aus. Als alles sorglich bereitet war, kroch ich zum Kamin und wurde für fünf Stunden ein Kind in der Asche – ein grüner Bursch, der in der alten gaelischen Tradition aufwuchs. Später wurde ich gegen Mitternacht aufgehoben und ins Bett getan, aber der faulige Gestank der Feuerstelle haftete noch eine Woche an mir; es war ein stockiger, moderiger Geruch, und ich glaube nicht, daß es je wieder seinesgleichen geben wird.

nacht aufgehoben und ins Bett getan, aber der faulige Gestank der Feuerstelle haftete noch eine Woche an mir; es war ein stockiger, moderiger Geruch, und ich glaube nicht, daß es je wieder seinesgleichen geben wird.

Wir lebten in einem kleinen, kalkweißen, ungesunden Haus, das in einer Ecke der Schlucht gelegen war, und zwar rechter Hand, wenn man die Landstraße in östlicher Richtung beschreitet. Zweifellos hat weder mein Vater noch einer seiner Vorfahren das Haus gebaut und dorthin gestellt; man weiß nicht: war es Gott, Dämon oder Sterblicher, der jene nun halb verfallenen, rohen Mauern errichtete. Wenn es hundert Ecken in der ganzen Schlucht gab, dann kauerte sich auch eine kleine kalkweiße Hütte in jede dieser Ecken, und niemand weiß nur von einer dieser Hütten, wer sie erbaut hat. Es war schon immer den Gaelen vorbestimmt (wenn man den Büchern trauen mag), in einem kleinen kalkweißen Haus in einer Ecke der Schlucht zu hausen, wenn man die Landstraße in östlicher Richtung beschreitet, und das muß auch die Erklärung[5] dafür sein, daß es für mich, als ich dieses Leben antrat, keine gute Behausung gab, eher das Gegenteil, wenn ich ehrlich sein will. Zur allgemeinen Ärmlichkeit des Hauses gesellte sich noch der Umstand, daß es sich an einen Felsbrocken auf der verhängnisvollen Seite der Schlucht klammerte (obwohl es weiter unten einen trefflichen Ort für ein Haus gegeben hätte), und wenn man zur Tür hinausging, ohne seine Schritte mit der gebotenen Umsicht zu setzen, konnte es geschehen, daß man unversehens in Lebensgefahr schwebte, weil das Gefälle so steil war.

Unser Haus war in sich nicht unterteilt; Binsen deckten

über uns das Dach, und Binsen dienten ebenfalls als Lager im Ende des Hauses. Bei Sonnenuntergang wurden Binsen über den ganzen Fußboden gebreitet, und der Haushalt legte sich zur Ruhe auf ihnen nieder. Dort ein Bett mit Schweinen darauf; hier ein Bett mit Menschen; dort wieder ein Bett mit einer alten, schlanken Kuh, im Schlaf auf ihrer Flanke ausgestreckt und einen Sturmwind von Atem ausstoßend, dazu angetan, inmitten des Hauses widrige Strömungen zu erzeugen; dazu Hennen und Hühner im Schutz ihres Bauches schlummernd; und noch ein Bett zunächst der Feuerstelle, auf dem ich lag.

Ja! die Menschen lebten unter widrigen Umständen, als ich noch jung war, und so Einer Horn- und anderes Vieh besaß, konnte er nachts im eigenen Haus nur über wenig Platz verfügen. Doch ach! so war es immer schon. Oft hörte ich, wie der Alte-Graue-Knabe über die Härten und das Elend sprach, die in der Vergangenheit mit dem Leben einhergegangen waren.

– Es gab Zeiten, sagte er, da hatte ich zwei Kühe, ein Zugpferd, ein Rennpferd, Schafe, Schweine, sowie andere Tiere niederen Ranges[6]. Das Haus war eng und, bei meiner Seele, die Lage war beengt und beängstigend, wenn die Nacht hereinbrach. Mein Großvater schlief bei den Kühen, und ich persönlich schlief mit dem Pferd, Charlie, einem stillen, freundlichen Tier. Oft begannen die Schafe einen Zank untereinander, und oft genug erhob ich mich morgens, ohne ein Auge zugetan zu haben, so laut war das Blöken und Brüllen, das sie anzustimmen pflegten. In einer jener Nächte wurde mein Großvater verwundet und verletzt, aber wir erfuhren nie, ob die Schafe oder die Kühe die Ursache des

Oft begannen die Schafe einen Zank untereinander, und oft genug erhob ich mich morgens, ohne ein Auge zugetan zu haben, so laut war das Blöken und Brüllen, das sie anzustimmen pflegten.

Streits waren, oder ob meine Großmutter selbst ihn vom Zaun gebrochen hatte. In einer anderen Nacht jedoch erschien ein Gentleman, ein Schulrat, der sich im Dunst der Sümpfe verirrt hatte und zufällig die Mündung der Schlucht fand. Er suchte vielleicht Hilfe und Unterkunft, und als er sah, was im trüben Licht des Feuers zu sehen war, entließ er ein ausgedehntes Röhren der Verwunderung aus seinem Leib und blieb auf der Schwelle stehen, wobei er zu uns hereinstarrte. Sagt er: Ist es nicht ein schandbares, unangemessenes und schädliches Ding für euch, zusammen mit dem gemeinen Vieh in einem einzigen Bett sich hinzustrecken? Und ist es nicht ein schandhaftes, unangemessenes und schädliches Verhältnis, in dem ihr euch hier in dieser Nacht befindet? Damit haben Sie, so für sich genommen, sicher recht, gab ich dem Gentleman Bescheid, doch ganz gewiß können wir an diesem von Ihnen erwähnten Verhältnis nichts ändern. Das Wetter ist bitter, und wir alle sollten Schutz davor suchen, ob wir nun zwei oder vier Beine unter uns haben. Wenn das so ist, sagt der Gentleman, wäre es nicht leicht für euch, eine kleine Hütte am Rande des Hofs zu errichten und ein wenig vom Haus entfernt? Sicher, und nichts leichter als das, sage ich. Ich war voller Verwunderung über all das, was er gesagt hatte, denn ich hatte nie zuvor an dergleichen gedacht – noch an irgendeinen anderen Plan, der unser trauriges Los hätte wirkungsvoll mildern können; man stelle sich vor: wir alle ins Ende des Hauses gepfropft. Am nächsten Tag versammelte ich die Nachbarn und erläuterte ihnen aufs Genaueste den Rat des Gentlemans. Sie priesen diesen Ratschlag, und innerhalb einer Woche hatten wir neben dem Haus eine feine Hütte hochgezogen. Doch ach! die Dinge sind nicht das, was sie versprechen! Nachdem ich, meine Großmutter und zwei meiner Brüder zwei Nächte in der Hütte verbracht hatten, waren wir so ausgekühlt und durchnäßt, daß es ein Wunder ist, daß wir nicht umgehend starben, und es ging uns nicht eher besser, als bis wir wieder das Haus aufgesucht und es uns beim Vieh bequem gemacht hatten. Seitdem haben wir es immer so gehalten – genau wie jeder arme Gaele in dieser Gegend unseres Landes.

Der Alte-Graue-Knabe gab oft solche Darstellungen von den alten Zeiten ab, und von ihm empfing ich ein Gutteil des Verstandes und Wissens, die jetzt mein eigen sind. Jedoch, um auf das Haus zurückzukommen, in dem ich geboren wurde, so muß man sagen, daß ich einen schönen Blick von dort aus hatte. Es hatte zwei Fenster mit einer Tür dazwischen. Wenn man aus dem Fenster zur Rechten blickte, erstreckte sich unten die kahle und hungrige Landschaft der Rosses und Gweedore; dahinter Bloody Foreland und weit draußen Tory Island, das wie ein großes Schiff dort schwamm, wo der Himmel ins Meer taucht. Wenn man aus der Tür sah, konnte man den Westen der Grafschaft Galway mit einer guten Portion der Felsen von Connemara überblicken, und Aranmore weit draußen im Ozean und von einem selbst weit entfernt, mit den kleinen, strahlenden Häusern von Kilronan, klar und gut sichtbar, wenn man gute Augen hatte und der Sommer gekommen war. Aus dem Fenster auf der linken Seite konnte man die Great-Blasket-Insel sehen, kahl und abweisend wie ein entsetzlicher Aal aus anderen Welten, der träge auf den Wellen ruhte; und weiter drüben lag Dingle mit seinen eng aneinander geduckten Häusern. Es wurde oft gesagt, daß es von keinem anderen Haus in ganz Irland einen vergleichbaren Blick gibt, und es muß anerkannt werden, daß diese Feststellung wahr ist. Nie hörte ich sagen, irgendein Haus sei so schön wie dieses auf dem Antlitz der Erde gelegen. Und so war dieses Haus voller Wonnen, und ich glaube nicht, daß es seinesgleichen jemals wieder geben wird[7]. Auf jeden Fall wurde ich dort geboren, und das kann mit Fug von keinem anderen Haus behauptet werden, sei es nun als Lob oder Tadel!

2. Kapitel

Ein schlechter Geruch in unserem Haus ♣ *die Schweine* ♣ *Ambrose trifft ein* ♣ *das schwere Leben meine Mutter in Lebensgefahr* ♣ *Martins Plan* ♣ *wir sind gerettet und in Sicherheit* ♣ *Ambroses Tod*

In meiner Jugend hatten wir immer einen schlechten Geruch in unserem Haus. Manchmal war er so schlecht, daß ich meine Mutter bat, mich in die Schule zu schikken, obwohl ich noch nicht richtig gehen konnte. Passanten machten weder halt noch gingen sie auch nur, sondern sie hasteten, wenn sie sich in der Nachbarschaft des Hauses befanden, an der Tür vorüber, bis sie eine halbe Meile zwischen sich und den schlechten Geruch gelegt hatten. Zweihundert Yards die Landstraße abwärts gab es noch ein weiteres Haus, und eines Tages, als unser Geruch besonders schlecht war, zogen die Leute aus, gingen nach Amerika und kehrten nie mehr zurück. Es heißt, sie hätten Leuten an jenem Ort erzählt, Irland sei ein feines Land, jedoch sei dort die Luft zu stark. Doch ach, es gab nie die mindeste Luft in unserem Haus.

Ein Mitglied unserer Haushaltung war schuldig an diesem Gestank. Er hieß Ambrose. Der Alte-Knabe hing sehr an ihm. Ambrose war der Sohn der Sarah. Sarah war eine Sau, die wir besaßen, und wenn sie mit Nachkommenschaft gesegnet war, dann war sie reichlich damit gesegnet. Trotz ihrer zahlreichen Brüste war keine für Ambrose übrig, als die Ferkel ihre Nahrung aus ihr saugten. Ambrose war schüchtern, und wenn Hunger die Ferkel befiel (er befällt ihresgleichen jäh und unvermittelt und alle gleichzeitig) ging er immer ohne Brust aus. Als der Alte-Knabe sich vergegenwärtigte, daß dieses kleine Ferkel schwächlich wurde und alle Kraft verlor, brachte er es ins Haus, bereitete ihm ein Lager aus Binsen am Kamin und fütterte ihn von Zeit zu Zeit mit Kuhmilch aus einer alten Flasche. Ambrose erholte sich unverzüglich, er wurde kräftig und hübsch und fett. Doch ach! Gott hat jedem Geschöpf gestattet, seinen eigenen Geruch zu besitzen, und das ererbte Aroma des Schweins ist nicht angenehm. Als Ambrose klein war, hatte er einen kleinen Geruch. Als er an Größe gewann, wuchs sein Geruch im gleichen Umfang. Als er groß war, war sein Geruch ebenfalls groß. Zunächst war die Lage tagsüber nicht zu schlimm für uns, weil wir alle Fenster offen ließen, die Tür nicht schlossen und heftige Stürme durch das Haus fegten. Doch wenn die Dunkelheit sich senkte und Sarah mit den Ferkeln zum Schlafen hereinkam, dann war in der Tat eine Situation hergestellt, die sowohl jeder mündlichen wie schriftlichen Beschreibung spottet. Oft kam es uns mitten in der Nacht so vor, als würden wir den Morgen nie mehr bei lebendigem Leibe sehen. Meine Mutter und der Alte-Knabe erhoben sich oft und wanderten draußen zehn Meilen durch den Regen, um dem Gestank zu entkommen. Nachdem Ambrose etwa einen Monat in unserem Haus verbracht hatte, weigerte sich Charlie, das Pferd, nachts hereinzukommen, und jeden Morgen fanden wir ihn durchnäßt und aufgeweicht (es gab für uns keine einzige Nacht ohne Niederschläge). Aber er war nichtsdestoweniger immer guter Laune, trotz allem, was er durch die Unbarmherzigkeit des Wetters zu erdulden hatte. Und in

der Tat war ich es, der diese Umstände in ihrer ganzen Härte zu ertragen hatte, denn ich konnte nicht gehen noch sonstige Mittel der Fortbewegung finden.
So ging es noch eine kleine Weile weiter. Ambrose schwoll rapide an, und der Alte-Graue-Knabe sagte, bald werde er stark genug sein, um mit den anderen Schweinen draußen an der frischen Luft herumzutollen. Er war der Liebling des Alten-Knaben, und deshalb konnte meine Mutter das wenig wohlriechende Schwein nicht mit Knüppelschlägen aus dem Haus scheuchen, obwohl ihre Gesundheit des fauligen Gestanks wegen zu leiden begonnen hatte.
Wir bemerkten plötzlich, daß sich Ambrose – über Nacht, wie es schien – zu beängstigenden Ausmaßen ausgewachsen hatte. Er war so groß wie seine Mutter, aber wesentlich breiter. Sein Bauch reichte bis zur Erde nieder, und seine Flanken waren so geschwollen, daß man es mit der Angst bekam.
Eines Tages stellte der Alte-Graue-Knabe einen großen Topf Kartoffeln zum Mittagessen vor das Schwein hin, und da bemerkte er, daß alles weder gut noch natürlich war.
– Bei meiner Seele! sagte er, dieser hier ist dem Platzen nahe! Als wir Ambrose einer eingehenden Untersuchung unterzogen, wurde offenkundig, daß die arme Kreatur von nahezu vollkommen zylindrischer Gestalt war. Ich weiß nicht, ob das auf Überernährung zurückzuführen war, oder ob ihn die Wassersucht oder eine andere grimmige Krankheit niedergestreckt hatte. Ich habe jedoch noch nicht alles erzählt. Der Geruch war nun für uns fast unerträglich geworden, und meine Mutter wurde im Ende des Hauses ohnmächtig, da ihre

Gesundheit diesem neuen Gestank nicht mehr gewachsen war.
– Wenn dieses Schwein nicht sofort aus dem Haus entfernt wird, sagte sie schwach von ihrem Bett im Ende des Hauses aus, werde ich diese Binsen in Brand setzen, und dann wird unser hartes Leben in diesem unseren Haus ein Ende finden, und sogar wenn wir in der Hölle enden, so habe ich doch nie davon gehört, daß es dort Schweine gibt!
Der Alte-Knabe paffte angestrengt an seiner Pfeife, bestrebt, das Haus mit Rauch zu erfüllen, um sich gegen den Gestank zu verteidigen. Er erwiderte ihr:
– Frau! sagte er, das arme Geschöpf ist krank, und ich bin unschlüssig, ob ich es wirklich verstoßen und seine Gesundheit vollends aufs Spiel setzen soll. Zwar ist es sicher richtig, daß dieser Gestank alles übertrifft, aber siehst du nicht, daß das Schwein selbst keine Klage führt, obwohl er genau wie du dahinten eine Schnauze besitzt.
– Der Gestank hat ihn betäubt, sagte ich.
– Wenn das so ist, sagte meine Mutter zum Alten-Knaben, werde ich die Binsen in Flammen aufgehen lassen! Die beiden schalten noch eine ganze Zeitlang aufeinander ein, doch schließlich willigte der Alte-Knabe ein, Ambrose zu entfernen. Er ging vor und lockte das Schwein durch Pfeifen, sinnloses Geplapper und Koseworte, aber das Tier blieb, wo es war, regungslos. Es kann nicht anders gewesen sein, als daß die Sinne des Schweins durch den Geruch abgetötet waren und es ihnen deshalb nicht gelang, alles wahrzunehmen, was der Alte-Knabe zu sagen hatte. Wie dem auch sei, der Alte-Knabe ergriff einen Knittel und trieb das Schwein

Als das Schwein die Tür erreicht hatte, wurde uns klar, daß es zu fett war, um zwischen die Türpfosten zu passen. Man ließ von ihm ab, und es kehrte zu seinem Lager beim Kamin zurück, wo es unverzüglich einschlief.

zur Tür; er schob es, schlug es und schubste es mit der Waffe türwärts. Als es die Tür erreicht hatte, wurde uns klar, daß es zu fett war, um zwischen den Türpfosten hindurch zu passen. Es wurde von ihm abgelassen, und es kehrte zu seinem Lager beim Kamin zurück, wo es unverzüglich einschlief.
– Bei meiner Seele! sagte der Alte-Knabe, aber das Geschöpf ist zu wohlgenährt und die Tür zu schmal, obwohl sie selbst für das Pferd völlig ausreicht.
– Wenn das so ist, sagte meine Mutter vom Bett aus, dann ist es so, und wir werden schwerlich dem entrinnen können, was als Schicksal auf uns zukommt.
Ihre Stimme war schwach und leise, und ich war sicher, daß sie sich nunmehr ihrem Geschick der Verderbtheit des Schweins zu beugen gewillt war, und sich für den Himmel rüstete. Doch plötzlich erhob sich ein erstikkendes Feuer im Ende des Hauses –; meine Mutter verbrannte den ganzen Ort. Mit einem gewaltigen Sprung setzte der Alte-Knabe in den rückwärtigen Teil, warf einen Stoß alter Säcke auf den Rauch und hieb mit einem großen Stock darauf ein, bis das Feuer erstickt war. Dann schlug er auf meine Mutter ein und ließ ihr gleichzeitig nützliche Ratschläge zuteil werden.
Gott schütze und errette uns! denn nie gab es ein schwereres Leben als jenes, welches Ambrose uns in den folgenden vierzehn Tagen bereitete. Man kann den Geruch in unserem Haus unmöglich beschreiben. Das Schwein war zweifellos krank, und es erhob sich ein Dampf von ihm, der an einen Leichnam erinnerte, den man einen Monat hindurch zu bestatten versäumt hatte. Als Ergebnis dieses Schweins war das Haus von oben bis unten verrottet und faulig. Während dieser Zeit-

spanne war meine Mutter im Ende des Hauses unfähig zu stehen oder zu sprechen. Gegen Ende dieser vierzehn Tage bot sie uns still und schwächlich Adieu und Lebewohl und bereitete sich, die Ewigkeit zu schauen. Der Alte-Knabe war ebenfalls im Bett und rauchte energisch seine Pfeife in die Nacht hinaus, um einen Schild gegen den Gestank zu schmieden. Er sprang auf und zerrte meine Mutter zur Landstraße hinaus, wodurch er ihr für diese Nacht das Leben rettete, obwohl beide bis auf die Haut durchnäßt wurden. Am nächsten Tag wurden die Betten auf die Straße gestellt, und der Alte-Knabe sagte, so werde es fortan bleiben, denn, sagte er, es ist besser ohne Haus zu sein als ohne Leben, und selbst wenn wir nachts im Regen ertrinken, so ist dieser Tod doch besser als jener dort drinnen.

An jenem Tage kam Martin O'Bannassa auf der Landstraße vorbei, und als er die wenig wohlriechenden Betten draußen unter freiem Himmel und unser verwaistes Haus sah, blieb er stehen und begann ein Gespräch mit dem Alten-Knaben.

– Es ist nur zu wahr, daß ich das Leben nicht hinreichend verstehe, sowie auch nicht den Grund dafür, daß die Betten draußen stehen, aber seht einmal, wie euer Haus in Flammen steht!

Der Alte-Knabe starrte das Haus an und schüttelte den Kopf.

– Das ist kein Feuer, sagte er, sondern ein vergammeltes Schwein in unserem Haus. Das ist kein Rauch, der dort von unserem Haus aufsteigt, wie du glaubst, Martin, sondern es sind Schwaden von Schweinedampf.

– Dieser Dampf ist mir gar nicht angenehm, sagte Martin.

– Es ist keine Gesundheit darin, erwiderte der Alte-Knabe scharf. Martin bedachte die Frage eingehend.
– Es muß daran liegen, sagte er, daß dieses euer Schwein ein Haustier ist, und daran, daß du ihm deshalb nicht die Kehle durchschneiden und es vergraben möchtest?
– Damit hast du wahrlich recht, Martin, sagte er.
– Wenn es also daran liegt, sagte Martin, werde ich euch helfen!
Er stieg auf das Dach des Hauses und stopfte Grassoden in die Öffnung des Kamins. Dann schloß er die Tür und verstopfte die Fenster mit Schlamm und Lumpen, um die Luft daran zu hindern, in das Haus einzudringen oder aus ihm zu entweichen.
– Jetzt, sagte er, müssen wir uns eine Stunde lang ruhig verhalten.
– Bei meiner Seele, sagte der Alte-Graue-Knabe, ich verstehe dein Tun nicht, aber es ist eine Welt voller Wunder heutzutage, und wenn dich das, was du eben getan hast, zufriedenstellt, so will ich nichts weiter gegen dich vorbringen.
Als die Stunde vorüber war, öffnete Martin O'Bannassa die Tür, und wir traten alle ein – außer meiner Mutter, die immer noch matt und schwächlich auf ihren feuchten Binsen lag. Ambrose lag – kalt und tot – auf den Steinen vor der Feuerstelle ausgebreitet. Er war an seinem eigenen Gestank gestorben, und eine schwarze Rauchwolke benahm uns fast den Atem. Der Alte-Knabe war sehr traurig, aber er drückte Martin seinen zutiefst von Herzen kommenden Dank aus und hielt zum erstenmal seit drei Monaten mit dem Paffen seiner Pfeife inne. Ambrose wurde schicklich und in allen Ehren bestattet,

und wir alle waren in diesem Haus bald wieder wohlauf. Meine Mutter erholte sich schnell von ihrer angegriffenen Gesundheit und war wieder so energisch wie zuvor, wenn sie große Töpfe voller Kartoffeln für die anderen Schweine kochte.

Ambrose war ein merkwürdiges Schwein, und ich glaube nicht, daß es seinesgleichen je wieder geben wird. Ich wünsche ihm alles Glück, falls er heute in einer anderen Welt am Leben ist!

3. Kapitel

*Ich gehe zur Schule ♣ »Jams O'Donnell« ♣ die
Subvention in Höhe von zwei Pfund ♣ wieder
Schweine in unserem Haus ♣ der Plan des Alten-
Grauen-Knaben ♣ eines unserer Schweine wird
vermißt ♣ der Shanachee und das Grammophon*

Ich war sieben Jahre alt, als man mich zur Schule schickte. Ich war zäh, klein und dünn, trug graue Woll-Breeches[1], war sonst jedoch oben- und untenherum unbekleidet. Außer mir gingen noch viele andere Kinder, die zumeist noch die Aschenflecken auf den Breeches trugen, zur Schule. Einige krochen die Straße entlang, da sie des Gehens nicht mächtig waren. Viele waren aus Dingle, manche aus Gweedore, eine andere Gruppe wieder kam von Aran herüber. Wir alle waren stark und beherzt an unserem ersten Schultag. Unter der Achselhöhle eines jeden von uns befand sich ein Klumpen Torf. Beherzt und stark waren wir!

Der Schulmeister hieß Osborne O'Loonassa. Er war dunkel, dürr und groß und ungesund und trug einen scharfen, sauren Ausdruck auf dem Gesicht, dessen Knochen sich unter der gelben Haut abzeichneten. Eine grimme Wut, so dauerhaft wie sein Haupthaar, stand auf seiner Stirn, und um andere Menschen war er nicht für ein Jota besorgt.

Wir alle versammelten uns im Schulhaus, einer kleinen, unfreundlichen Hütte, in der der Regen die Wände herunterrann und in der alles weich und klamm war. Wir alle saßen auf Bänken, ohne je ein Wort oder Geräusch zu wagen, da wir in der Furcht des Schulmei-

sters lebten. Er ließ den giftigen Blick über den Raum schweifen, und als der Blick auf mir haften blieb, trat ein jähes Leuchten in seine Augen. Beim Donner! wie wenig war dieser Blick mir angenehm, während diese beiden Augen mich ausforschten. Nach geraumer Zeit richtete er einen langen gelben Finger auf mich und sagte:
– Phwat is yer nam?
Ich verstand nicht, was er sagte, noch verstand ich irgendeine andere Art der Rede, derer man sich in ausländischen Weltgegenden bedient, denn mir stand nur das Gaelische als Ausdrucksmittel und Schutz gegen die Unbilden des Lebens zu Gebote. Ich konnte ihn nur, stumm vor Furcht, anstarren. Dann sah ich, wie ihn ein gewaltiger Wutanfall überkam, der sich – genau wie eine Regenwolke – mählich verdichtete. Angstvoll sah ich die anderen Buben an. Hinter meinem Rücken hörte ich ein Geflüster:
– Deinen Namen will er wissen!
Mein Herz tat vor Freude über diesen Beistand einen Sprung, und ich war diesem meinem Souffleur dankbar. Ich blickte den Schulmeister höflich an und antwortete ihm:
– Bonaparte, Sohn des Michelangelo, des Sohnes des Peter, des Sohnes des Owen, des Sohnes der Sarah, der Tochter des Thomas, der Enkelin der zu John gehörigen Mary, Enkelin des James, des Sohnes von Dermot ...[2]
Bevor ich meinen Namen noch geäußert – oder zur Hälfte geäußert – hatte, entrang sich dem Schulmeister ein rasendes Gebell, und er winkte mich mit dem Finger heran. Als ich ihn erreichte, hatte er ein Ruder ergriffen.

In diesem Stadium hatte ihn der Zorn wie eine Flutwelle überschwemmt, und er hielt das Ruder in geschäftsmäßiger Manier mit beiden Händen umklammert. Er schwang es hoch über die Schulter und brachte es, indem es laut durch die Luft flirrte, hart auf mich herunter, mir dergestalt einen vernichtenden Hieb auf den Schädel beibringend. Die Sinne schwanden mir von dem Schlag, doch bevor ich völlig bewußtlos war, hörte ich ihn kreischen:
– Yer nam, sagte er, is Jams O'Donnell![3]
Jams O'Donnell? Diese zwei Wörter sangen mir in den Ohren, als das Gefühl in mich zurückkehrte. Ich fand mich seitlich auf dem Fußboden liegend wieder, meine Breeches, mein Haar und meine gesamte Person mit den Strömen von Blut gesättigt, das aus dem Spalt floß, den das Ruder in meinem Schädel verursacht hatte. Als meine Augen ihre Arbeit wieder aufgenommen hatten, hatte sich ein anderer Junge erhoben und wurde nach seinem Namen gefragt. Es war offenkundig, daß diesem Kind jeder Scharfsinn abging und daß die Prügel, die ich soeben bezogen hatte, ihm nicht zur guten, nützlichen Lehre gereicht hatten, denn er antwortete dem Schulmeister, indem er seinen normalen Namen angab, so, wie ich es getan hatte. Wieder schwang der Schulmeister das Ruder, das er gepackt hielt, und er hielt nicht inne, bis er wieder verschwenderisch Blut vergossen und den Jungen bewußtlos auf den Fußboden niedergestreckt hatte, ein blutbeflecktes Bündel. Und während er prügelte, schrie der Schulmeister wieder:
– Yer nam is Jams O'Donnell!
Auf diese Weise fuhr er fort, bis er jedes Geschöpf in der Schule niedergeschlagen und *Jams O'Donnell* ge-

tauft hatte. An jenem Tage blieb kein junger Schädel in der ganzen Gegend ungespalten. Natürlich waren viele gegen Nachmittag unfähig zu gehen und wurden von Verwandten nach Hause transportiert. Besonders bedauerlich war das für jene, die noch am Abend nach Aran zurückschwimmen mußten und seit dem frühen Morgen ohne einen Bissen Nahrung oder einen Mundvoll Milch geblieben waren.

Als ich nach Hause kam, kochte meine Mutter gerade Kartoffeln für die Schweine, und ich bat sie um ein paar davon zum Mittagessen. Ich bekam sie und aß sie mit nur einer kleinen Prise Salz. Die üble Lage in der Schule machte mir ständig Sorgen, und ich beschloß, meine Mutter zu befragen.

– Frau, sagte ich, ich habe gehört, daß jeder dort *Jams O'Donnell* genannt wird, wenn das so ist, dann ist unsere Welt wahrlich voller Wunder, und ist O'Donnell nicht ein wahrer Wundermann, wenn man die Anzahl der Kinder bedenkt, die er hat?

– Da hast du sicher recht, sagte sie.

– Wenn ich aber recht habe und es die Wahrheit ist, sagte ich, dann verstehe ich diese Wahrheit nicht.

– Wenn das so ist, sagte sie, warum verstehst du nicht, daß in dieser Gegend des Landes Gaelen leben und daß sie ihrem Schicksal nicht entfliehen können? Es stand schon immer geschrieben und wurde auch gesagt, daß jeder gaelische Knabe an seinem ersten Schultag geschlagen wird, weil er nicht Englisch noch die ausländische Form seines Namens versteht und daß niemand ihm den mindesten Respekt schuldet, weil er bis ins Mark nur gaelisch ist? Nichts anderes geht an diesem Tag in der Schule vor: Strafe und Rache und ebenjene

Narretei mit *Jams O'Donnell*. Und ach, ich glaube nicht, daß es für die Gaelen je eine gute Regelung geben wird, sondern nur Kummer, diesen aber für alle Zeiten. Der Alte-Graue-Knabe wurde ebenfalls an einem Tage seines Lebens geschlagen und gleichfalls *Jams O'Donnell* geheißen.
– Frau, sagte ich, was du da sagst, ist erstaunlich, und ich glaube nicht, daß ich je wieder in diese Schule gehen werde, sondern daß stattdessen das Ende meines Studiums gekommen ist.
– Du bist gewitzt, sagte sie, und das in deinem zarten Alter.
Seit diesem Tage hatte ich keine Verbindung mehr zur Bildung, und daher wurde mein gaelischer Schädel auch nicht ein zweites Mal gespalten. Aber sieben Jahre später (als ich sieben Jahre älter war) geschah es, daß wundersame Dinge in unserer Nachbarschaft geschahen, Dinge, die mit Fragen unseres Lebens zusammenhingen und die ich, aus diesem Grunde, hier in einiger Ausführlichkeit darlegen muß.
Der Alte-Knabe hielt sich eines Tages in Dingle auf, um Tabak zu kaufen und geistige Getränke zu kosten, als er Neuigkeiten hörte, die ihn erstaunten. Er glaubte sie zunächst nicht, denn er hatte den Stadtbewohnern nie getraut. Am nächsten Tag verkaufte er Heringe in den Rosses und erfuhr dort die nämlichen Neuigkeiten; daraufhin ließ er die Geschichte zur Hälfte gelten, konnte sie aber immer noch nicht ganz schlucken. Am dritten Tag war er in Galway (Stadt), und dort lautete die Geschichte ebenso. Schließlich glaubte er sie gläubig, und als er zurückkam, durchnäßt und aufgeweicht (der Himmel öffnet seine Schleusen unfehlbar jede

Nacht über uns), setzte er meine Mutter von der Angelegenheit ins Bild (und mich ebenfalls, der ich im Ende des Hauses lauschte!).
– Bei meiner Seele, sagte er, ich höre, daß die englische Regierung sich anschickt, ein edles Werk zum Wohle der Armen hier – möge jeder in diesem Haus in Sicherheit und errettet sein! – zu verrichten. Es wurde vereinbart, jedem unseresgleichen zwei Pfund pro Schädel für jedes unserer Kinder zu zahlen, das englisch spricht und nicht das bübische Gaelisch. Sie versuchen, uns vom Gaelischen zu trennen, Preis und Dank sei ihnen immerdar! Ich glaube nicht, daß die Bedingungen für die Gaelen jemals besser werden, wenn sie weiter kleine Häuser in der Ecke der Schlucht bewohnen, sich in schmutziger Asche zu schaffen machen, ohne Unterlaß bei nie verwehendem Sturm auf Fischfang gehen und nachts Geschichten von den Unbilden und schweren Zeiten der Gaelen in den süßen Worten des Gaelischen erzählen, das ihnen zutiefst eigentümlich ist.
– Weh mir! rief meine Mutter aus, wie stehe ich da mit meinem einzigen Sohn; mit jenem aussterbenden Exemplar, das dort rücklings auf dem Fußboden liegt.
– Wenn das so ist, sagte der Alte-Knabe, wirst du entweder mehr Kinder haben oder aber ohne Einkünfte sein!
Während der folgenden Woche kam eine unerschütterliche schwarze Düsternis über den Alten-Grauen-Knaben, ein Omen schwieriger, verzwickter Gedanken, die seinen Geist erfüllten, während er sich mühte, das Problem des Kindermangels zu lösen. Eines Tages hörte er, als er in Cahirciveen weilte, der neue Plan werde bereits ausgeführt; das gute ausländische Geld sei bereits in

vielen Häusern jenes Bezirks entgegengenommen worden, und ein Inspektor bereise das flache Land, um die Kinder zu zählen und die Qualität ihrer Englischkenntnisse zu prüfen. Außerdem hörte er, der Inspektor sei ein alter, bresthafter Mann mit notdürftigem Augenlicht und daß er ferner keinen übertriebenen Eifer in seinen Verrichtungen an den Tag lege. Der Alte-Knabe bedachte alles Gehörte gründlich, und als er in der Nacht heimkehrte (durchnäßt und aufgeweicht), berichtete er uns, keine Kuh sei nicht melkbar, kein Hund sei nicht für Wettrennen abzurichten, und desgleichen sei das Geld noch nicht erfunden, das man nicht stehlen könne.
– Bei meiner Seele, sagte er, noch bevor der morgige Tag anbricht, werden wir das Haus voller Kinder haben, und jedes einzelne wird uns zwei Pfund einbringen.
– Dies ist eine Welt voller Wunder, sagte meine Mutter, aber von dieser Gattung erwarte ich nichts, noch hörte ich je, daß man ein Haus in einer einzigen Nacht füllen kann.
– Vergiß nicht, sagte er, daß Sarah mit uns ist.
– Sarah, was soll das! sagte meine Mutter überrascht.
In mir keimte von oben bis unten Verwunderung, als ich den Namen der Sau nennen hörte.
– Genau diese Dame, sagte er. Sie hat zur Zeit eine massenhafte Familie, und sie haben kräftige Stimmen, wenn ihr Dialekt uns auch unverständlich ist. Woher sollen wir wissen, daß ihre Unterhaltung nicht auf englisch stattfindet? Junge Leute und junge Schweine haben naturgemäß die gleichen Gewohnheiten, und nimm auch zur Kenntnis, daß sich ihre Haut nicht wenig gleicht.

– Du bist ein scharfer Denker, erwiderte meine Mutter, aber man muß ihnen Anzüge schneidern, bevor der Inspektor kommt, um sie anzuschauen.
– Das muß man allerdings, sagte der Alte-Graue-Knabe.
– Es ist eine Welt voller Wunder heutzutage, sagte ich vom Hinterbett im Ende des Hauses aus.
– Bei meiner Seele, sie ist wirklich voller Wunder, sagte der Alte-Knabe, aber trotz der Zahlung dieses englischen Geldes zum Wohle von unseresgleichen glaube ich nicht, daß es für die Gaelen jemals gute Lebensverhältnisse geben wird.
Am nächsten Tag hatten wir diese merkwürdigen Hausgenossen drinnen, jeder von ihnen mit Kleidung aus grauer Wolle angetan, und sie quiekten, schnoberten und schnarchten in den Binsen im hinteren Teil des Hauses. Ein Blinder hätte von ihrer Anwesenheit gewußt – allein schon vom Geruch her. Wie die Umstände für die Gaelen auch immer zu jener Zeit ausgesehen haben mochten, unsere eigenen Bedingungen waren alles andere als gut, solange diese Burschen unsere ständigen Gesellschafter abgaben.
Wir hielten scharfe Wacht, um die Ankunft des Inspektors nicht zu verpassen. Wir mußten ziemlich lange warten, aber, wie der Alte-Knabe sagte, was kommen soll, das kommt auch. Der Inspektor suchte uns an einem regnerischen Tag auf, an dem überall schlechte Beleuchtung herrschte und das Ende des Hauses, in dem die Schweine waren, in tiefes Zwielicht getaucht war. Wer auch immer gesagt haben mochte, der Inspektor sei alt und bresthaft, hatte die Wahrheit gesagt. Er war Engländer und von schwacher Gesundheit, der

arme Mann! Er war dünn, gebeugt und hatte ein saures Gesicht. Er scherte sich keinen Deut um die Gaelen – was Wunders! –, und er war auch nicht bestrebt, die Hütten, in denen sie lebten, zu betreten. Als er zu uns kam, verhielt er an der Schwelle und spähte kurzsichtig ins Innere des Hauses. Er war unangenehm berührt, als er unseren Geruch bemerkte, wandte sich aber nicht zum Gehen, denn er hatte mit den Behausungen der wahren Gaelen reiche Erfahrungen gesammelt. Der Alte-Graue-Knabe stand respektvoll und höflich bei der Tür vor dem Gentleman, ich stand neben ihm, und meine Mutter war im rückwärtigen Teil des Hauses, wo sie die Ferkel umsorgte und umhegte. Gelegentlich hüpfte ein Ferkel ins Zentrum des Fußbodens, und kehrte dann unverzüglich ins Zwielicht zurück. Man hätte es für einen kräftigen kleinen Knaben halten können, der durchs Haus krabbelt, wenn man die Breeches bedachte, die es trug. Ein stetiges Gemurmel ging von meiner Mutter und den Ferkeln aus; es war wegen des Lärms, den draußen Wind und Regen machten, schwer zu verstehen. Der Gentleman blickte scharf um sich und zog aus dem Gestank wohl nur geteiltes Vergnügen. Schließlich sprach er:
– Wie viele?
– Zwölf, *Sor!*[4] sagte der Alte-Graue-Knabe beflissen.
– Zwölf?
Der Andere warf einen schnellen Blick ins Ende des Hauses, während er in Überlegungen begriffen war und sich bemühte, eine Erklärung für die soeben gehörte Auskunft zu finden.
– All spik Inglish?
– All spik, Sor, sagte der Alte-Knabe.

Dann bemerkte der Gentleman mich, der ich hinter dem Alten-Grauen-Knaben stand, und barsch richtete er das Wort an mich:
- Phwat is yer nam? sagte er.
- Jams O'Donnell, Sor!
Es war offenkundig, daß weder ich noch meinesgleichen diesem eleganten Fremdling zusagten, aber diese Antwort entzückte ihn, konnte er doch nun berichten, er habe die jungen Leute befragt, und sie hätten ihm in süßem Englisch geantwortet; die letzte seiner schweren Leistungen war vollendet und er nun als freier Mann aus dem Gestank entlassen. Er verschwand in die Wolkenbrüche, ohne uns Wort oder Segensspruch zuteil werden zu lassen. Der Alte-Graue-Knabe war mit unserer Leistung überaus zufrieden und servierte mir zur Belohnung eine fürstliche Portion Kartoffeln. Die Schweine wurden hinausgetrieben, und für diesen Tag waren wir alle froh und still. Einige Tage später erhielt der Alte-Graue-Knabe einen gelben Brief, in dem sich eine große Banknote befand. Das ist eine andere Geschichte, und ich werde sie zu anderer Zeit in diesem Band erzählen.
Als der Inspektor fort war und sich der Schweinegeruch aus unserem Haus verzogen hatte, hatten wir den Eindruck, die Arbeit sei getan und wir hätten die Angelegenheit ausgestanden. Doch leider sind die Dinge meist nicht das, was sie scheinen, und wird ein Stein geworfen, kann niemand sagen, wo er fällt. Am nächsten Tag, als wir die Schweine zählten und sie ihrer Breeches entkleideten, zeigte sich, daß eines fehlte. Gewaltig war das Lamentieren des Alten-Grauen-Knaben, als er bemerkte, daß uns sowohl Schwein als auch Kleidung

insgeheim im Schutze der Nacht enrissen worden waren. Zwar trifft es zu, daß er oft das Schwein eines Nachbarn stahl, und er stellte oft klar, er habe nie eines seiner eigenen geschlachtet, sondern er habe sie vielmehr sämtlich verkauft, aber trotzdem hatten wir immer halbe Speckseiten im Haus. Bei Nacht und Tag ohn Unterlaß geschah Diebstahl in der Gemeinde – Habenichtse, die einander noch tiefer in die Armut trieben –, aber außer dem Alten-Knaben war niemand ein Schweinedieb. Natürlich war es nicht Freude, was sein Herz überschwemmte, als er bemerkte, daß ein Anderer seine Melodie spielte.

– Bei meiner Seele, sagte er zu mir, ich fürchte, hier sind nicht alle gerecht und ehrlich. Das junge, kleine Schwein würde mir ja nichts ausmachen, aber in den Breeches war manch gutes Gewebe verarbeitet.

– Jedem seine Meinung, guter Mann, sagte ich, aber ich glaube nicht, daß Schwein oder Breeches gestohlen wurden.

– Glaubst du, sagte er, daß Furcht sie vom Diebstahl abgehalten hat?

– Nein, erwiderte ich, eher schon der Gestank.

– Ich weiß nicht, mein Sohn, sagte er, ich weiß nur, daß du sicherlich recht hast. Doch soll das heißen, daß sich das Schwein davongemacht hat, um zu streunen?

– Ein wenig wohlriechendes Streunen, wenn Sie recht haben, mein guter Mann, sagte ich.

In jener Nacht stahl der Alte-Knabe Martin O'Bannassa ein Schwein und tötete es still im rückwärtigen Teil des Hauses. Es war nämlich geschehen, daß ihn unsere Unterhaltung daran erinnert hatte, daß unser Speck zur Neige ging. Danach ergaben sich keine weiteren Erörte-

rungen über das verlorene Schwein.
Ein neuer Monat namens März wurde geboren, blieb einen Monat lang bei uns und verließ uns wieder. Gegen Ende hörten wir mitten in der Nacht durch das Toben des Regens draußen ein lautes Schnauben. Der Alte-Knabe nahm an, es werde ihm ein weiteres Schwein mit Gewalt enrissen und ging hinaus. Als er zurückkam, befand er sich in der Begleitung keines anderen als unseres fehlenden Schweins, aufgeweicht und durchnäßt, die feinen Breeches, mit denen man es bekleidet hatte, gründlich zerfetzt. Die Erscheinung, die das Geschöpf bot, ließ darauf schließen, daß es sich in jener Nacht durch ansehnliche Teile unseres Planeten geschleppt hatte. Meine Mutter erhob sich bereitwillig, als der Alte-Knabe verfügte, es sei angemessen, dem späten Heimkehrer einen großen Topf Kartoffeln aufzutischen. Das jähe Erwachen unserer Haushaltung behagte Charlie nicht übermäßig, und nachdem er ohnehin keinen Schlaf gefunden und unsere Reden und die damit verbundene Verwirrung voller Zorn verfolgt hatte, erhob er sich plötzlich und sprengte in den Regen davon. Das arme Geschöpf hatte nie viel von Geselligkeit gehalten. Gott segne ihn!
Die nachtschlafene Rückkehr des Schweins war zwar als solche erstaunlich genug, doch noch erstaunlicher war die Kunde, die es uns gewährte, nachdem es sich an den Kartoffeln gütlich getan hatte und vom Alten-Grauen-Knaben seiner Breeches entkleidet worden war. Der Alte-Knabe fand in einer der Hosentaschen eine Pfeife mit einem guten Schlag Tabak. In einer anderen fand er einen Shilling und eine kleine Flasche mit geistigem Getränk.

– Bei meiner Seele, sagte er, wenn es auch zutrifft, daß Mühsal und Not die Gaelen immer am schwersten trifft, so doch nicht dieses Schwein. Hören Sie mal, sagte er, seine Aufmerksamkeit dem Schwein zuwendend, wo haben Sie diese Artikel bekommen, Sir?
Das Schwein warf ihm einen scharfen Blick aus seinen zwei kleinen Augen zu, ließ ihm aber keine Antwort zuteil werden.
– Laß ihm die Breeches, sagte meine Mutter. Wissen wir denn, ob er nicht jede Woche zu uns kommt und wunderbare Dinge in den Hosentaschen hat – Perlen, Hosenbänder, Schnupftabak und vielleicht sogar eine Banknote –, gleichgültig, wo er solches in ganz Irland auftreiben mag? Ist dies nicht heutzutage wahrhaftig eine Welt voller Wunder?
– Wie sollen wir wissen, gab ihr der Alte-Graue-Knabe zur Antwort ob er je wieder zurückkehren wird, und nicht stattdessen sich dort niederläßt, wo er diese feinen Sachen bekommen kann, und wir sind dann für immer ohne den wertvollen Anzug, den er jetzt trägt?
– Da hast du leider in Wahrheit recht, sagte meine Mutter.
Das Schwein wurde daraufhin ausgezogen, bis es splitternackt war, und dann zu den anderen getan.
Es verging ein voller Monat, bevor wir die Erklärung für den komplizierten Vorfall jener Nacht erfuhren. Der Alte-Knabe hörte in Galway ein Getuschel, ein halbes Wort in Gweedore und ein Sätzchen in Dunquin. All das fügte er zusammen, und eines Nachmittags, als der Tag beendet war und der nächtliche Niederschlag heftig auf uns einzuregnen begonnen hatte, erzählte er die folgende interessante Geschichte.

Es gab da einen Gentleman aus Dublin, der das Land bereiste und am Gaelischen überaus interessiert war. Dieser Gentleman hatte vernommen, daß in Corkadoragha Menschen lebten, die in jeder anderen Gegend des Landes unübertroffen waren, und ferner, daß es ihresgleichen nie wieder geben würde. Er besaß ein Instrument namens Grammophon[5], und dieses Instrument war dazu in der Lage, sich alles, was es hörte, zu merken, wenn ihm jemand Geschichten oder alte Sagen erzählte; es konnte ebenfalls alles, was es gehört hatte, ausspucken, wann immer dies jemandem beliebte. Es war ein Instrument voller Wunder und erschreckte viele Leute in unserem Gebiet und raubte anderen die Sprache; es ist zweifelhaft, ob es seinesgleichen je wieder geben wird. Da die Menschen glaubten, es bringe Unglück, war es für den Gentleman eine schwere Aufgabe, bei ihnen Folklore-Geschichten zu sammeln.

Aus diesem Grunde unternahm er auch niemals den Versuch, die Folklore unserer Alten und Vorfahren zu sammeln, wenn nicht die Dunkelheit sich schützend gesenkt hatte und sowohl er als auch sein Instrument im Ende einer Hütte verborgen waren, in welchem beide angestrengt lauschten. Es war offenkundig, daß es sich bei ihm um eine wohlhabende Person handelte, gab er doch jede Nacht größere Beträge für geistige Getränke aus, um die Scheu und Unfähigkeit von den Zungen der alten Leute zu verscheuchen. Im gesamten Landstrich genoß er diesen Ruf, und sowie bekannt wurde, daß er Jimmys oder Jimmy Tim Pats Haus[6] einen Besuch abstatten wollte, hastete jeder alte Knabe, der im Umkreis von fünf Meilen wohnte, dorthin, um sich von der zungenlösenden feurigen Medizin etwas zuteil werden

zu lassen; hierzu muß angemerkt werden, daß auch viele jüngere Leute sie begleiteten.
In der Nacht, von der die Rede ist, befand sich der Gentleman im Hause von Maximilian O'Penisa, und zwar still in die Finsternis geduckt, die Gehör-Maschine neben sich. Es hatten sich mindestens hundert alte Knaben um ihn gesammelt, und sie saßen, stumm und unsichtbar, im Schatten der Wände und ließen die Flaschen mit dem geistigen Getränk des Gentlemans von Hand zu Hand wandern. Manchmal war über einen kurzen Zeitraum hinweg ein schwaches Wispern zu hören, aber im allgemeinen bestand das einzige Geräusch aus dem Brüllen des Wassers, das draußen aus den düstern Himmeln herniederfiel, ganz so, als leerten jene dort oben Kübel voll übler Nässe über die Welt aus. Wenn es den geistigen Getränken gelang, die Zungen der Männer zu lösen, so war das Ergebnis nicht etwa flüssiges Sprechen, sondern ein Rollen und Lekken, um die gleißenden Tropfen der geistigen Getränke noch besser erschmecken zu können. Auf diese Weise verging die Zeit, und so wurde die Nacht immer später. Die lastende Stille drinnen und das Summen, das draußen der Regen verursachte, entmutigten den Gentleman ein wenig. Er hatte in jener Nacht kein einziges Kleinod unserer Alten sammeln können, stattdessen aber geistige Getränke im Werte von fünf Pfund nutzlos verloren. Plötzlich bemerkte er einen Aufruhr an der Tür. Dann, beim schwachen Licht des Kaminfeuers, sah er, daß die Tür aufgestoßen wurde (mit einem Riegel war sie nie versehen gewesen), und es kam ein armer, alter Mann herein, bis an die Ohren betrunken, durchnäßt und aufgeweicht, und wegen seiner Trunkenheit schritt er

nicht mit aufrechtem Gang herein, sondern er kroch. Das Geschöpf verlor sich unverzüglich in der Dunkelheit des Hauses, doch wo immer es auch auf dem Fußboden liegen mochte –: das Herz des Gentlemans hüpfte vor Freude, als er hörte, wie sich ein gewaltiger, flüssiger Redestrom von der betreffenden Stelle her ergoß. Es war wirklich schnelle, verwickelte, ernsthafte Sprache; man hätte meinen können, der alte Knabe fluche betrunken vor sich hin; aber der Gentleman hielt sich nicht damit auf, sie verstehen zu wollen. Er erhob sich flink und stellte die Maschine neben den, der Gaelisch ausspie. Es hatte den Anschein, als habe der Gentleman dieses Gaelisch für überaus schwer verständlich gehalten, und entsprechend groß war seine Freude, als seine Maschine es trotzdem absorbierte; er wußte nämlich, daß gutes Gaelisch schwierig ist, das beste Gaelisch von allen aber so gut wie unverständlich. Nach etwa einer Stunde versiegte der Redefluß. Der Gentleman war über den Erfolg dieser Nacht sehr erfreut. Als Zeichen seiner Dankbarkeit steckte er dem alten Knaben, der nunmehr in trunkenen Schlummer gefallen war, eine weiße Pfeife, einen Schlag Tabak und eine kleine Flasche mit geistigem Getränk in die Taschen. Dann machte sich der Gentleman mit seiner Maschine auf den Heimweg durch den Regen, indem er ihnen allen still seinen Segen hinterließ, den jedoch keiner erwiderte, da die Trunkenheit den Schädel jedes Anwesenden mit Macht überschwemmt hatte.

Es wurde später in der Gegend gesagt, der Gentleman sei für die Sagen, die er in jener Nacht in seiner Gehör-Maschine gespeichert hatte, überschwenglich gelobt worden. Er reiste nach Berlin, einer Stadt Deutschlands

innerhalb von Europa, und erzählte alles, was die Maschine gehört hatte, den gelehrtesten Köpfen des Kontinents. Diese gelehrten Köpfe sagten, sie hätten noch nie ein Fragment Gaelisch gehört, das so gut, so poetisch und so dunkel gewesen sei wie dieses, und daß sie sicher seien, man brauche sich um das Gaelische keine Sorgen mehr zu machen, solange dergleichen in Irland zu hören sei. Freudig statteten sie den Gentleman mit einem feinen akademischen Rang aus, und, das ist noch interessanter, sie stellten ein kleines Komitee aus ihren eigenen Mitgliedern zusammen, welches eine detaillierte Studie über die Sprache aus der Maschine anfertigen sollte, um herauszufinden, ob man irgendeinen Sinn hineinbringen könne.

Ich weiß nicht, ob es Gaelisch oder Englisch oder sonst ein fremder, ungehöriger Dialekt war, den die alte Rede enthielt, die der Gentleman mit seiner Maschine von uns hier in Corkadoragha eingesammelt hat, aber es steht fest, daß jedes Wort, das in jener Nacht gefallen war, von unserem streunenden Schwein stammte.

4. Kapitel

*Das Kommen und Gehen der Gaeligores ♣ das
Gaelische College ♣ ein gaelisches »feis« in
unserer Gegend ♣ der Gentleman aus Dublin ♣ auf
Frohsinn folgt Sorge*

Eines Nachmittags lehnte ich mich auf die Binsen am Ende des Hauses zurück und bedachte alles Übel und Mißgeschick, das die Gaelen befallen hatte (und sie immer verfolgen würde), als der Alte-Graue-Knabe zur Tür hereinkam. Er schien verschreckt, ein ernster Anfall von Zittern erschütterte seinen ganzen Körper und alle Glieder; die Zunge lag ihm trocken, schlaff und jeder Kraft beraubt zwischen den Zähnen. Ich weiß nicht mehr, ob er sich setzte oder ob er fiel, auf jeden Fall landete er neben mir auf dem Fußboden mit einem dumpfen Schlag, der das Haus zum Tanzen brachte. Dann begann er, die großen Schweißperlen fortzuwischen, die sein Gesicht bedeckten.
– Willkommen, guter Mann, sagte ich freundlich, und möge Ihnen Gesundheit und langes Leben beschieden sein! Ich bedachte gerade die beklagenswerte Lage der Gaelen, so, wie sie sich zur Zeit darstellt, sowie auch den Umstand, daß sie sich nicht alle in der gleichen Lage befinden; ich bemerke, daß Sie sich in einer schlimmeren Lage befinden als nur irgendein Gaele, seit es das Gaelentum gibt. Es scheint, daß alle Kraft Sie verlassen hat?
– So ist es, sagte er.
– Haben Sie Sorgen?
– Die habe ich allerdings.

– Und trifft es zu, sagte ich, daß die Gaelen mit neuen Härten und Widrigkeiten zu rechnen haben, und daß dem kleinen grünen Land, das unser beider Heimatland ist, eine neue Niederlage bevorsteht?
Ein Seufzer entrang sich dem Alten-Grauen-Knaben, und über seinem Gesicht breitete sich ein trauriger, abwesender Ausdruck aus, der mir andeutete, daß er über die Ewigkeit als solche meditierte. Er antwortete mir nicht, aber seine Lippen waren trocken, und seine Stimme war schwach und kaum vernehmbar.
– Kleiner Sohn, sagte er, ich glaube nicht, daß der Regen der kommenden Nacht noch jemanden nässen wird, denn bevor noch diese Nacht angebrochen ist, wird das Ende der Welt gekommen sein. Am ganzen Firmament sind der Zeichen genug. Heute sah ich zum erstenmal einen Sonnenstrahl über Corkadoragha, einen Glanz, nicht von dieser Welt und hundertmal giftiger als das Feuer, und er bleckte mich aus den Himmeln über mir an und stach mir mit der Spitzigkeit einer Nadel in die Augen. Außerdem sah ich, wie eine Brise über das Gras einer Wiese strich und am anderen Ende wieder zurückkam. Auf dem Feld hörte ich eine Krähe mit der Stimme eines Schweins quieken, hörte eine Amsel brüllen und einen Stier pfeifen. Ich muß leider sagen, daß diese beängstigenden Dinge nichts Gutes verheißen. Doch, schlimm, wie all dies sein mag, so hörte ich doch noch ein ander Ding, das die Hölle der Angst in mein Herz senkte . . .
– Alles, was Sie da sagen, ist voller Wunder, geliebter Mann und Mitmensch, sagte ich aufrichtig, und ein kleiner Bericht von jenem anderen Zeichen wäre sehr willkommen.

Der Alte-Knabe war eine Weile still, und als er sich aus dieser Schweigsamkeit zurückzog, war es nicht Sprache, sondern ein heiseres Flüstern, das er meinem Ohr entbot.
– Ich war auf dem Heimweg von Ventry, sagte er, und da bemerkte ich einen seltsamen, eleganten, gut gekleideten Gentleman, der mir auf der Landstraße entgegenkam. Da ich ein wohlerzogener Gaele bin, warf ich mich in den Straßengraben, um dem Gentleman die Straße zu überlassen, damit er nicht mich, der ich die öffentliche Straße mit meinem Gestank unerträglich mache, vor sich habe. Doch gibt es oh wehe! keine Methode, die Wunder dieser Welt hinreichend zu erklären! Als er sich mir, der ich ehrfürchtig in Kot und Schmutz des Grabens stand, genähert hatte, da blieb er doch, was sagst du jetzt, da blieb er doch wahrhaftig stehen, blickte mich freundlich an *und sprach mit mir!* Erstaunt und verstört entließ ich alle Luft aus meinen Lungen. Dann war ich stumm vor Schreck.
– Aber ..., sagte der Alte-Knabe, indem er eine bebende Hand auf meine Person legte, stumm er ebenfalls, doch grimmig bestrebt, die Macht über das gesprochene Wort wiederzuerlangen, aber ... warte! *Er sprach mit mir auf Gaelisch!*
Als ich das alles gehört hatte, wurde ich mißtrauisch. Ich dachte, der Alte-Knabe schneide auf oder wüte in einem Delirium der Trunkenheit ... Es gibt Dinge jenseits der Grenzen der Glaubwürdigkeit.
– Wenn, was Sie sagen, die Wahrheit ist, sagte ich, werden wir die Nacht nie und nimmer erleben, und das Ende der Welt ist ohne jeden Zweifel noch heute hier. Es ist jedoch geheimnisvoll und bestürzend, wie sich die

Menschenkinder aus jeder Gefahr befreien. Die Nacht kam sowohl unversehrt als auch pünktlich, und wir waren, trotz allem, in Sicherheit. Noch etwas: als die Tage vergingen, wurde klar, daß der Alte-Knabe die Wahrheit gesagt hatte, als er von dem Gentleman erzählte, der ihn auf Gaelisch angesprochen hatte. Immer häufiger sah man Gentlemen auf der Landstraße, jung die einen, die anderen eher betagt, die die armen Gaelen in unbeholfenem unverständlichem Gaelisch anredeten und auf ihrem Weg zu den Äckern aufhielten. Die Gentlemen beherrschten von Geburt aus fließend Englisch, benutzten diese edle Sprache jedoch nie in Gegenwart von Gaelen, damit, so schien es, die Gaelen nicht das eine oder andere Wort aufschnappen möchten, auf daß es sie gegen die Schwierigkeiten des Lebens beschütze. So war es, als die Gaeligores, wie man sie heute nennt, zum erstenmal nach Corkadoragha kamen. Sie schwärmten durch die ländlichen Gebiete und hielten kleine schwarze Notizbücher in der Hand, und es dauerte lange, bis die Menschen merkten, daß sie keine Greifer waren, sondern feine Leute, die sich bemühten, das Gaelisch unserer Vorfahren und Alten zu erlernen. Mit jedem Jahr, das verstrich, wurde dieses Volk zahlreicher. Es dauerte nicht lange, und die ganze Gegend wimmelte davon. Im Laufe der Zeit erkannte man den ersten Frühlingstag nicht mehr an der ersten Schwalbe, sondern am ersten Gaeligore, der sich auf den Straßen blicken ließ. Wenn sie kamen, brachten sie Glück, Geld und große Lustbarkeit mit sich; angenehm waren diese Geschöpfe und spaßig, Gott segne sie! und ich glaube, daß es ihresgleichen nie wieder geben wird!

Nachdem sie uns dann über einen Zeitraum von etwa

zehn Jahren aufgesucht hatten, geschah es, daß die Zahl derer, die unter uns weilten, abnahm, und daß jene, die uns treu blieben, in Galway und in Rannafast übernachteten und nur Tagesausflüge nach Corkadoragha machten. Natürlich schleppten sie viel von unserem guten Gaelisch davon, wenn sie abends aufbrachen, aber sie ließen doch ein paar Pennies zurück, um die Habenichtse zu entschädigen, die nur auf sie gewartet und die gaelische Sprache für ihresgleichen tausend Jahre lang bewahrt hatten. Dies war den Menschen schwer verständlich; hatte es doch immer geheißen, die Akkuratesse des Gaelischen (sowie auch die Heiligkeit im Gemüt) wüchse im selben Verhältnis wie der Mangel an weltlichen Gütern, und da wir wirklich von ausgesuchter Armut und im erlesensten Elend waren, verstanden wir nicht, welches Interesse die Gelehrten an irgendeinem halb närrischen, perversen Gaelisch gefaßt haben mochten, das in anderen Gegenden zu hören war. Der Alte-Graue-Knabe diskutierte diesen Umstand mit einem edlen Gaeligore, auf den er gestoßen war.

– Warum und zu welchem Ende, sagte er, verlassen uns die Studenten? Trifft es etwa zu, daß sie in den letzten zehn Jahren soviel Geld bei uns gelassen haben, daß der Hunger des Landstrichs gestillt und daß aus diesem Grund auch unser Gaelisch degeneriert ist?

– Ich glaube nicht, daß in irgendeinem Werk des Pater Peter[1] das Wort *degeneriert* vorkommt, sagte der Gaeligore höflich.

Auf diesen Satz antwortete der Alte-Graue-Knabe nicht, aber wahrscheinlich hielt er eine kleine Rede, die nur für sein eigenes Ohr bestimmt war.

– »Er stürzte *bei* der Tür hinaus« – würden Sie das in

dieser Satzstellung auch so ausdrücken? sagte der Gaeligore.
– Laß gut sein, mein Junge, sagte der Alte-Knabe und verließ ihn, die immer noch ungelöste Frage im Schädel. Trotz allem gelang es ihm, auch dieses Problem zu lösen. Es wurde ihm erklärt – niemand weiß, von wem, aber es war jemand mit geringen Gaelischkenntnissen, der sich in der Nähe aufhielt –, es wurde ihm erklärt, was mit Corkadoragha als einem Zentrum der Unterweisung verkehrt, fehlerhaft und hinten und vorne nicht stimmig war. Es hatte nämlich den Anschein, daß:
1. der Sturm auf dem Lande zu stürmisch war,
2. die Fäulnis auf dem Lande zu faulig war,
3. die Armut auf dem Lande zu ärmlich war,
4. das Gaelentum auf dem Lande zu gaelisch war,
5. die Traditionen auf dem Lande zu traditionell waren.
Als der Alte-Knabe erkannte, daß es dergestalt bestellt war um die Dinge, bewegte er die Angelegenheit eine Woche lang in seinem Sinn. Er sah, daß die Lernwilligen wegen des ständigen Erbrechens und wegen des Grolls, die sich vom Himmel über sie ergossen, in steter Lebensgefahr schwebten; daß sie in den Behausungen der Menschen keinen Unterschlupf suchen konnten, weil es dort nach den Schweinen stank. Gegen Ende der Woche schien es ihm, als werde alles befriedigend werden, wenn wir ein College hätten wie das in den Rosses und in Connemara. Dies bedachte er angestrengt eine weitere Woche lang, und als auch diese Zeit abgelaufen war, stand alles klar und deutlich vor seinem geistigen Auge; wir würden in Corkadoragha ein großes gaelisches *feis* abhalten, um Geld für das College zu sammeln. Noch am selben Abend besuchte er mehrere respektable Men-

schen in Letterkenny, um Durchführung und Einzelheiten des *feis* zu arrangieren; vor Tagesanbruch suchte er in derselben Angelegenheit die Great-Blasket-Insel auf und hatte in der Zwischenzeit wichtige Briefe nach Dublin versandt, wobei er die Posthalterin als Famula benutzte. Natürlich gab es in ganz Irland keinen, der die gaelische Sache heftiger vertreten hätte, als der Alte-Graue-Knabe in dieser Nacht; daß das College schließlich auf seinem Grund und Boden erbaut wurde, war kein Wunder; und übrigens war der Preis seines Landes überaus hoch veranschlagt, als es dann zum Verkauf kam! Das *feis* selber wurde auf seinem eigenen Acker abgehalten, und für die schmale Parzelle, auf der das Podium errichtet wurde, strich er für zwei Tage Miete ein. Wenn Pennies fallen, pflegte er oft zu sagen, dann sorge dafür, daß sie in deine Tasche fallen; du wirst nicht die Todsünde der Habgier begehen, wenn du alles Geld der Welt besitzt.

Ja! wir werden nie das *feis* von Corkadoragha vergessen, noch die Lustbarkeit, die es uns zuteil werden ließ. In der Nacht, die der betreffenden Nacht vorausgeeilt war, hatte eine Schar von Männern umsichtig inmitten des Regens daran gearbeitet, ein Podium bei der Giebelwand unseres Hauses zu errichten, während der Alte-Knabe auf der Türschwelle stand, gegen den Regen geschützt, und die Arbeit durch Anweisungen und guten Rat leitete. Keiner dieser Burschen gewann nach den Regengüssen und Stürmen jener Nacht je seine Gesundheit wieder, wogegen einer von denen, die nicht überlebten, noch zu Grabe getragen wurde, bevor das Podium abgebaut war, auf dem er sein Leben im Dienste der gaelischen Sprache geopfert hatte. Möge er nun und heute auf dem Podium des Himmels für immer in Sicherheit sein. Amen.

In der Zeit war ich etwa fünfzehn Jahre alt, ein ungesunder, niedergeschlagener Junge mit zerrütteten Zähnen, der mit großer Geschwindigkeit heranwuchs, wodurch ich schwach war und ohne gute Gesundheit. Ich glaube nicht, mich entsinnen zu können, daß soviele Fremde und Gentlemen vorher oder nachher an einem Punkt Irlands zusammengekommen wären. Aus Dublin und Galway (Stadt) strömten die Massen herbei, alle mit respektablen, gut geschnittenen Anzügen angetan; nur hin und wieder erschien ein Mann, der gar keine Breeches trug, sondern stattdessen einen Damenunterrock. Dazu stellte man fest, daß er vielleicht gaelische Tracht trug, und, falls dies zutraf, so war es schon erstaunlich, welche Änderung mit dem Äußeren eines Menschen vorging, wenn er ein paar Worte Gaelisch im Kopf hatte! Es waren Männer anwesend, die ein einfaches, schmuckloses Kleid trugen – diese, dachte ich, verfügten über nur geringes Gaelisch; andere trugen mit ihrer weiblichen Kleidung einen solchen Adel, einen solchen Stil, eine solche Eleganz zur Schau, daß ihr Gaelisch offenkundig fließend sein mußte. Ich fühlte mich beschämt, weil wir in Corkadoragha keinen einzigen wahren Gaelen unter uns hatten. Sie zeichneten sich durch eine weitere Besonderheit aus, die uns, die wir das wahre Gaelentum eingebüßt hatten, abging: sie alle hatten weder Namen noch Zunamen, sondern sie empfingen Ehrentitel, die sie sich selbst bewilligt hatten und welche ihren Stil aus Himmel und Luft, Bauernhof und Sturmgebraus, Feld und Federvieh ableiteten. Da gab es einen massigen, dicken Mann mit langsamen Bewegungen, dessen Gesicht grau und welk war und der sich anscheinend nicht entscheiden konnte, an welcher von zwei tödlichen Krankheiten er sterben sollte; dieser nahm für sich den Titel *Das Gaelische Gänseblümchen* in Anspruch. Ein anderer armer Bursche, dessen Größe und Energie denen der Maus ähnelten, nannte sich *Der Stämmige Stier*. Außer diesen waren, wenn mich die Erinnerung nicht trügt, noch die folgenden Herren anwesend:

>Der Kater von Connacht
>Das Kleine Braune Huhn
>Das Kühne Pferd
>Der Aufgeputzte Krähenhahn
>Der Rennende Ritter
>Röschen vom Hügel
>Trauerkloß MacMorna
>Popeye der Seemann
>Der Demütige Bischof
>Die Süße Amsel
>Marys Spinnrad
>Die Torfsode
>Baboro
>Mein Freund Drumroosk[2]
>Das Ruder
>Der Andere Käfer
>Die Feldlerche
>Das Rotkehlchen
>Das Gewagte Tänzchen
>Der Säbelbeinige aus Ulster
>Der Schlanke Fuchs
>Der Meerkater

          Der Verästelte Baum
          Der Westwind
          Der Abstinente aus Munster
          William der Seefahrer
          Das Weiße Ei
          Acht Männer
          Tim der Grobschmied
          Der Kornblumenhahn
          Der Kleine Gerstenfeim
          Der Dativ
          Silber
          Der Gesprenkelte
          Der Kopfschmerz
          Der Lebhafte Bursch
          Das Verfressene Kaninchen
          Der Zylinderhut
          John von der Schlucht
          Ihr Achtungsvoll Ergebener
          Der Kleine Süße Kuß

Der Morgen, an dem das *feis* stattfinden sollte, war kalt und stürmisch, und die nächtlichen Regengüsse hatten sich weder beruhigt noch vertagt. Wir waren alle mit dem ersten Hahnenschrei aufgestanden und hatten vor Tagesanbruch Kartoffeln zu uns genommen. Während der Nacht hatten sich die gaelischen Habenichtse aus jedem Winkel der Gaeltacht in Corkadoragha versammelt, und, bei meiner Seele, zerlumpt und hungrig standen sie vor uns, als wir uns erhoben. Sie hatten Kartoffeln und Steckrüben in den Taschen und verzehrten sie gierig auf dem *feis*-Feld; danach diente ihnen das Regenwasser als Getränk. Es war schon spät am Morgen, als die feinen Leute eintrafen, denn die schlechten Straßen hatten ihre Automobile behindert. Als das erste Automobil in Sicht kam, waren viele der Habenichtse völlig verängstigt; sie liefen mit schrillen Schreien davon und versteckten sich hinter den Felsen, kamen aber bald wieder kühn hervor, als sie sahen, daß von diesen neumodischen Maschinen kein Unheil, welcher Art auch immer, ausging. Der Alte-Graue-Knabe hieß die edlen Gaelen aus Dublin willkommen und bot ihnen als Zeichen seines Respekts und als nahrhaftes Getränk nach langer Reise Buttermilch an. Dann zogen sie sich zurück, um die Einzelheiten der Festveranstaltung zu arrangieren und das *Feis*-Präsidium zu küren. Als sie damit fertig waren, teilte man der Versammlung mit, Das Gaelische Gänseblümchen sei zum Präsidenten des *feis* gewählt worden, Die Eifrige Katze sei zum Vize-Präsidenten, Der Dativ zum Revisor, Der Westwind zum Sekretär und der Alte-Graue-Knabe zum Schatzmeister ernannt worden. Nachdem Diskussion und Konversation ein weiteres Mal hin- und hergewogt hatten, erklommen der Präsident und die anderen großen Tiere das Podium in Anwesenheit der Bevölkerung, und dann begann das Große *Feis* von Corkadoragha. Der Präsident legte eine gelbe Uhr auf den Tisch, der vor ihm stand, steckte die Daumen in die Achselhöhlen seiner Weste und hielt folgende wahrhaft gaelische Rede:

– Gaelen! sagte er, es entzückt mein gaelisches Herz, daß ich heute hier bin und auf diesem gaelischen *feis* im Herzen der Gaeltacht in Gaelisch zu euch spreche. Ich darf hier anmerken, daß ich ein Gaele bin. Ich bin vom Scheitel meines Kopfs bis zu den Sohlen meiner Füße gaelisch – vorne wie hinten gaelisch, oben und unten. Ebenso seid ihr alle wahrhaft gaelisch. Wir sind alle gaelische Gaelen gaelischer Abkunft. Wer einmal Gaele ist, wird immer Gaele sein. Ich selbst habe seit dem Tage meiner Geburt kein Wort gesprochen, es sei denn in Gaelisch; genau wie ihr; und jeder einzelne Satz, den ich seither von mir gegeben habe, widmete sich dem Gaelischen. Wenn wir wahrhaftig gaelisch sind, dann müssen wir unentwegt die Frage der gaelischen Wiedergeburt und die Frage des Gaelentums diskutieren. Was nützt es uns denn, daß wir das Gaelische haben, wenn wir es dazu verwenden, über Themen zu sprechen, die mit dem Gaelischen nichts zu tun haben. Wer Gaelisch spricht und es versäumt, die Sprachenfrage zu behandeln, der ist im Herzen kein wahrer Gaele; ein solches Verhalten schadet dem Gaelentum mehr, als es ihm nutzt, denn durch solches Tun verhöhnt er das Gaelische und verleumdet die Gaelen. Es gibt in diesem Leben nichts Schöneres, als wenn echte Gaelen, die wahrhaftig gaelisch geblieben sind, in wirklich gaelischem Gaelisch über die einzig wahre gaelische Sprache sprechen. Hiermit erkläre ich das *feis* für gaelisch eröffnet! Die Gaelen – sie leben hoch! Die gaelische Sprache – sie lebe hoch!

Als sich dieser edle Gaele wieder auf seinen gaelischen Hintern setzte, erhoben sich in der ganzen Versammlung Tumult und Händeklatschen. Viele der einheimischen Gaelen wurden allmählich schwach vom langen Stehen, denn ihre Beine waren durch Nahrungsmangel all ihrer Kraft beraubt, doch sie beklagten sich nicht. Dann trat Die Eifrige Katze vor, ein großer, breiter, selbstbewußter Mann, dessen Gesicht dunkelblau war,

weil er sich so häufig die überreich sprießende Gesichtsbehaarung abrasierte. Er brachte eine weitere geschmackvolle Ansprache zur Welt:
– Gaelen! sagte er. Ich entbiete euch ein herzliches Willkommen zu unserem heutigen *feis,* und ich wünsche jedem einzelnen von euch eine gute Gesundheit, ein langes Leben, Erfolg und Wohlstand, bis die Posaunen des Jüngsten Gerichts erschallen und solang es in Irland lebendige Gaelen gibt. Gaelisch ist unsere Muttersprache, und wir müssen deshalb mit dem Herzen dabei sein, wenn es um Gaelisch geht. Ich glaube nicht, daß die Regierung mit dem Herzen dabei ist, wenn es ums Gaelische geht. Ich glaube nicht, daß sie im Herzen gaelisch ist. Sie verspotten das Gaelische und verleumden die Gaelen. Wir alle müssen das Gaelische mit aller Kraft unterstützen. Ebenfalls glaube ich nicht, daß die Universität mit dem Herzen dabei ist, wenn es ums Gaelische geht. Die Handel und Industrie treibenden Klassen sind auch keine Freunde des Gaelischen. Ich frage mich oft, ob *irgend* jemand mit dem Herzen dabei ist, wenn es ums Gaelische geht. Keine Freiheit ohne Einheit! Lang lebe unsere gaelische Sprache!
– Keine Freiheit ohne Monarchie![3] sagte mir der Alte-Graue-Knabe ins Ohr. Er hatte immer großen Respekt für den König von England empfunden.
– Es scheint, sagte ich, als sei dieser gaelische Herr mit vollem Herzen bei der Sache, wenn es ums Gaelische geht?
– Offensichtlich ist er im oberen Teil seines Kopfs zu wohlgenährt, sagte der Alte-Graue-Knabe.
Auf diese Rede folgte nicht etwa nur eine weitere feine Ansprache, sondern es folgten ihr deren acht. Viele

Gaelen brachen vor Hunger zusammen, sowie auch wegen der Anstrengung, die ihnen das Zuhören bereitete, und ein Mann starb höchst gaelisch inmitten der Versammlung. Ja! wir hatten an jenem Tag einen großen Tag der Redekunst in Corkadoragha!
Als auf dem Podium das letzte Wort über das Gaelische gesagt worden war, begannen Lustbarkeit und Tumult des *feis*. Der Präsident präsentierte eine Silberplakette als Preis für jenen, der aus vollstem Herzen bei der Sache war, wenn es um das Gaelische ging. Fünf Wettkämpfer, die nebeneinander auf einer Mauer saßen, wurden für den Wettkampf zugelassen. Schon früh am Tage begannen sie damit, mit aller Kraft und ohne ihren Redefluß zu unterbrechen, Gaelisch zu sprechen, wobei sie ausschließlich über die gaelische Sprache disputierten. Nie hatte ich so schnelles, kraftvolles, starkes Gaelisch gehört wie jene Kaskaden, die sich dort von der Mauer auf uns herab ergossen. Über eine Zeitspanne von etwa drei Stunden hinweg war die Rede süß, und die Worte waren voneinander zu unterscheiden. Gegen Nachmittag waren Süßigkeit und Bedeutung fast völlig aus ihr verschwunden, und alles, was man noch hören konnte, waren unsinniges Geschnatter und rauhe, undeutliche Grunzer. Bei Einbruch der Dunkelheit brach einer der Männer auf der Erde zusammen, ein anderer schlief ein (allerdings nicht lautlos!), und ein dritter Mann wurde nach Hause geschafft, weil ihn ein Gehirnfieber gepackt hatte, welches ihn noch vor dem nächsten Morgen in ein anderes Leben beförderte. Damit waren nur noch zwei von ihnen übrig, die einander matt auf der Mauer anblökten, wobei die nächtlichen Regenmassen zerstörerisch auf sie herniederfielen. Es war längst

Mitternacht, bevor der Wettkampf wirklich beendet war. Einer der Männer hielt plötzlich mit den Geräuschen inne, die wahllos aus ihm hervorströmten, dem anderen wurde daraufhin die Silberplakette präsentiert, sowie auch eine feine Ansprache. Was den anderen betrifft, der den Wettkampf verlor, so hat dieser seit jener Nacht nie mehr ein Wort gesagt, und er wird höchstwahrscheinlich nie wieder reden. Alles Gaelisch, das er im Kopf hatte, sagte der Alte-Graue-Knabe, hat er heute nacht ausgesprochen! Was den Schelm betrifft, der die Plakette gewann, so hat dieser auf den Tag genau ein Jahr nach dem *feis* sein Haus in Brand gesteckt, als er sich selbst darin aufhielt, und weder ihn noch sein Haus sah man nach dieser Feuersbrunst jemals wieder. Wo immer sie heute wohnen mögen, in Irland oder in lichten Höhen, mögen die fünf Männer, die an jenem Tag um die Plakette stritten, in Sicherheit sein!
Am selben Tag starben noch acht weitere Menschen an Nahrungsmangel und übermäßigem Tanzen. Die Gentlemen aus Dublin sagten, kein gaelischer Tanz sei so gaelisch wie der Lange Tanz, daß er seiner Länge entsprechend gaelisch sei und wahrhaft gaelisch, wenn er wahrhaft lang sei. Welche Zeit auch immer für den längsten Langen Tanz gebraucht wurde, eines steht fest: verglichen mit der Aufgabe, an die wir uns an jenem Tag in Corkadoragha machten, kann sie nur unbedeutend gewesen sein. Der Tanz zog sich dahin, bis die Tänzer das Leben durch die Sohlen ihrer Füße aus sich vertrieben hatten und acht im Laufe des *feis* gestorben waren. Aufgrund sowohl der durch die Lustbarkeiten bewirkten Erschöpfung als auch der wahrhaft gaelischen Hungersnot, die immer mit uns war, konnte man ihnen nicht

beistehen, wenn sie auf den steinigen Tanzboden gefallen waren, und, bei meiner Seele, kurz nur war die Zeit ihres Verharrens auf diesem Areal, denn sie machten sich unverzüglich und ohne weiteres Aufhebens auf den Weg in die Ewigkeit.

Obwohl der Tod uns viele gute Leute raubte, nahmen die Ereignisse des *feis* stark und stetig weiter ihren Lauf, da wir uns schämten, nicht mit dem Herzen bei der gaelischen Sache zu sein, solange wir den Blick des Präsidenten auf uns ruhen fühlten. Soweit das Auge nach Osten oder Westen schweifen mochte, überall waren Männer und Frauen, jung und alt, die in peinigender Weise tanzten, hüpften und sich verrenkten, so daß man an einen stürmischen Nachmittag auf See erinnert wurde.

Ein merkwürdiger kleiner Vorfall trug sich zur Zeit des Zwielichts zu, als die Menschen den ganzen Tag mit Tanzen verbracht hatten und keiner von ihnen mehr einen Fetzen Haut unter den Füßen besaß. Der Präsident gewährte huldvoll eine Tanzpause von fünf Minuten, und alle ließen sich dankbar auf den feuchten Boden sinken. Nach der Pause wurde ein Rundtanz zu Achten angesagt, und ich bemerkte, daß der Herr, der sich Acht Männer nannte, heftig aus einer Flasche schluckte, die er in der Tasche bei sich trug. Als der Rundtanz zu Achten angesagt wurde, warf er die Flasche fort und ging allein zum Tanzplatz. Andere folgten ihm, um ihm beim Tanzen und Stampfen Gesellschaft zu leisten, aber er bedrohte sie zornig, rief, das Haus sei bereits voll, und machte gewalttätige Ausfälle mit dem Stiefel gegen jeden, der ihm nahekam. Es dauerte nicht lange, und er tobte in rasender Wut, die auch nicht

zu dämpfen war, bevor man ihm mit einen großen Stein einen schrecklichen Schlag an den Hinterkopf versetzt hatte. Ich habe nie jemanden gesehen, der so kühn, aufsässig und unbändig gewesen wäre wie er, bevor ihn der Hieb erreichte, und so friedfertig und ruhig, nachdem der Alte-Graue-Knabe ihn mit dem Stein niedergestreckt hatte. Kein Zweifel: oft genügen ein paar Worte, um einen Mann vom rechten Weg abzubringen.
Ich für mein Teil gab nicht eher Ruhe, als bis ich die magische Flasche erreicht hatte, die Acht Männer fortgeworfen hatte. Sie enthielt immer noch einen feinen Schluck, und nachdem ich diesen in meinem Magen hatte, war eine bemerkenswerte Veränderung über die Welt gekommen. Die Luft war süß, das Erscheinungsbild der Landschaft hatte sich wesentlich verbessert, und bei all dem Regen hatte sich doch das Entzücken in mein Herz gesenkt. Ich setzte mich auf den Zaun und sang mit meiner lautesten Stimme ein gaelisches Lied, wobei ich die Melodie mit dem Klimpern der leeren Flasche auf den Steinen begleitete. Als ich das Lied beendet hatte, blickte ich über die Schulter und sah keinen Anderen als Acht Männer, im Schlamm ausgestreckt, und Blut tropfte reichlich aus dem Loch, das der Stein verursacht hatte. Wenn er wirklich noch lebte, dann war es offenkundig, daß das Leben in ihm nicht sehr kräftig pulste, und ich war der Meinung, daß er in Gefahr drohender Auflösung war. »Wenn er uns denn verläßt«, sagte ich mir, »wird er nicht in der Lage sein, eine andere Flasche dort hinüber mitzunehmen, um sie zu trinken.« Ich sprang über den Zaun, bückte mich und ließ meine Finger forschend über den Herrn wandern. Es dauerte nicht lang, und ich hatte eine weitere

kleine Flasche mit diesem feurigen Wasser entdeckt, und ich darf hinzufügen, daß ich weder stehenblieb noch meinen Schritt stocken ließ, bevor ich eine abgeschiedene Stelle erreicht hatte, wo ich meine Kehle von jenem Öl der Sonne versengen ließ. Natürlich besaß ich zu jener Zeit keine Übung im Zechen, besaß nicht einmal Kenntnis von dem, was ich da tat. Wenn nun die ganze Wahrheit ans Licht soll, muß ich sagen, daß es mit meinem Befinden nicht zum besten stand. Meine Sinne verließen ihre Bahn, so viel scheint sicher zu sein. Das Mißgeschick senkte sich auf mein Unglück, ein weiteres Mißgeschick fiel auf das Mißgeschick, und es dauerte nicht lang, da fielen die Mißgeschicke zähflüssig auf das erste Unglück und auf mich. Dann fiel ein Schauer voll Unglück auf die Mißgeschicke, schwere Mißgeschicke fielen danach auf das Unglück, und schließlich legte sich ein großes braunes Mißgeschick über alles, das das Licht erstickte und den Lauf der Dinge zum Stehen brachte.[4] Lange Zeit spürte ich gar nichts; ich sah nichts, noch vernahm ich ein Geräusch. Von mir unbemerkt, rotierte die Erde auf ihrem Weg durch das Firmament. Es dauerte eine Woche, bis ich fühlte, daß in mir noch eine Lebensregung war, und es dauerte vierzehn Tage, bevor ich völlig sicher war, am Leben zu sein. Es verging ein halbes Jahr, bevor ich mich gänzlich von der schlechten Gesundheit erholt hatte, die mir die Vorgänge jener Nacht hatten zuteil werden lassen, Gott sei uns allen gnädig! Den zweiten Tag des *feis* nahm ich nicht zur Kenntnis.

Ja! ich glaube nicht, daß ich das gaelische *feis* je vergessen werde, das wir in Corkadoragha hatten. Im Verlauf des *feis* starben viele, und ihresgleichen wird es nie wieder geben, und, hätte das *feis* noch eine Woche länger gedauert, so wäre jetzt, und das ist nichts als wahr, in Corkadoragha niemand mehr am Leben. Von dem Gebrechen, das ich aus der Flasche bezogen hatte, und von den erstaunlichen, unheimlichen Dingen, die ich sah, einmal abgesehen, gibt es noch einen Umstand, der den Tag des *feis* fest in meiner Erinnerung verankert: von jenem Tage an war der Alte-Graue-Knabe im Besitz einer gelben Taschenuhr!

5. Kapitel

Auf Jagd in den Rosses ♣ Schönheit und Wunder jenes Landstrichs ♣ Ferdinand O'Roonassa, der Shanachee ♣ mein nächtlicher Gang ♣ das Üble verfolgt mich ♣ ich bin dem Verderben entronnen

Einst, als in unserem Haus die Kartoffeln selten wurden und wir vom Schatten der Hungersnot verängstigt waren, verkündete der Alte-Graue-Knabe, es sei für uns an der Zeit, auf die Jagd zu gehen, wenn wir unsere Seelen weiter in unserem Körper behalten wollten, anstatt ihnen zu erlauben, wie die melodienreichen kleinen Vögel ins Firmament hinauszufliegen.
– Es steht den Menschen übel an, daß einer im Schatten des anderen lebt, wenn alles, was von ihnen noch übrig ist, Schatten sind.[1] Ich habe noch nie gehört, daß der Schatten von wem auch immer ein zureichender Schutz vor dem Hunger wäre.
Dieses Gespräch konnte mein Herz nur wenig erfreuen. Zu jener Zeit war ich beinahe zwanzig Jahre alt und einer der faulsten und trägsten Menschen von ganz Irland. Ich hatte keine Erfahrung mit der Arbeit, noch hatte ich seit dem Tage meiner Geburt die geringste Sehnsucht danach verspürt. Ich war noch nie draußen auf dem Feld gewesen. Ich war der Ansicht, die Jagd sei mit ganz besonderer Mühe verbunden: beständige Bewegung durch das Herz des Hügellandes, beständige Aufmerksamkeit, während man sich ins feuchte Gras duckt, ein beständiges Verbergen der eigenen Person, beständige Erschöpfung; ich wäre zeit meines Lebens ohne Jagd ausgekommen.

- Wo in Irland glauben Sie, Sir, kann man die besten Jagdgründe finden?
- Oh, kleiner, schwacher Sohn, sagte er, in den Rosses, den bewaldeten Vorgebirgen von Donegal, findet man die besten Jagdgründe, und alles andere in dieser Gegend ist ebenfalls ausgezeichnet.

Der Trübsinn war schon fast von mir gewichen, als ich hörte, wir würden in die Rosses gehen. Ich war noch nie in jenem Teil des Landes gewesen, aber ich hatte aus dem Munde des Alten-Knaben soviel darüber gehört, daß ich mir schon lange wünschte, einmal dorthin zu kommen; ich bin nicht sicher, ob ich, vor die Wahl gestellt, mich für eine Reise in den Himmel oder in die Rosses entschieden hätte. Nach den Reden, die der Alte-Knabe führte, zu urteilen, machte man das bessere Geschäft, wenn man in die Rosses ging. Es ist kaum nötig zu erwähnen, daß der nämliche Herr in den Rosses großgezogen worden war.

Nach allem, was ich gehört hatte, war er während seiner Jugend der beste Mann in den Rosses gewesen. Es gab im ganzen Landstrich niemanden, der sich mit ihm messen konnte, wenn es um Springen, Stöbern, Fischen, Lieben, Trinken, Stehlen, Kämpfen, Schinken-von-der-Schnur-Schneiden, Viehtreiben, Fluchen, Spielen, nächtliches Einbrechen, Jagen, Tanzen, Prahlen und Stockfechten ging.

Er allein war es, der in Gweedore im Jahre 1889 Martyn tötete, als dieser sich anschickte, Pater MacFadden als Gefangenen nach Derry zu überführen; kein anderer war es, der 1875 Lord Leitrim in der Nähe von Cratlough ermordete; nur er ritzte seinen Namen auf Gaelisch in jeden Karren ein und wurde aufgrund dieses

historischen Vorfalls strafrechtlich verfolgt; wer anders als er gründete die Land League, die Fenians und die Gaelische Liga. Ja! er hatte ein geschäftiges, ausgefülltes Leben geführt, und es war für Irland von großem Nutzen gewesen. Wäre er nicht dort geboren, wo er geboren war und hätte nicht das Leben geführt, das er geführt hatte, dann würde es uns heutzutage in diesem Lande an Gesprächsstoff mangeln.
– Werden wir nach Kaninchen suchen? sagte ich überaus höflich.
– Das werden wir nicht! sagte er, oder, wenn dir das lieber ist: *We wull na,* wie der Engländer sagt.
– Krabben oder Hummer?
– *Naw!*
– Wildschweine?
– Sie sind keine Schweine, und sie sind nicht wild! sagte er.
– Wenn die Sache so ist, Sir, sagte ich, gehen Sie nur zu, und ich werde Ihnen keine weiteren Fragen stellen, denn Sie sind nicht allzu gesprächig.
Wir verließen meine Mutter, die in den Binsen ein Nickerchen hielt, und brachen zu den Rosses auf.
Auf der Straße trafen wir einen Mann aus den Rosses namens Jams O'Donnell, und wir begrüßten ihn freundlich. Er blieb vor uns stehen, rezitierte die Siegesballade, begleitete uns aus reinem Erbarmen noch drei Schritte weit, holte eine Zange aus der Tasche und warf sie uns nach. Darüber hinaus erweckte er den Eindruck, als habe er noch dazu eine Fünf-Viertel-Liter-Flasche in der Tasche, und er war einer Jungfrau in Glendown mit Herz und Hand versprochen. Er lebte in einer Ecke der Schlucht, die rechterhand liegt, wenn man die Landstra-

ße ostwärts beschreitet. Laut der Formel in den guten Büchern war er eindeutig aus Ulster. Er stammte aus der alten Zeit und war rebellisch.
- Geht es Ihnen sehr gut? sagte der Alte-Knabe.
- Nur mittel, sagte Jams, und ich kann auch kein Gaelisch, nur Ulster-Gaelisch.
- Waren Sie je auf dem *feis* in Corkadoragha, Sir? sagte der Alte-Graue-Knabe.
- *I was na!* sagte er, sondern ich zechte statt dessen in Schottland.
- Ich dachte, sagte ich, ich hätte Sie in der Gruppe von Burschen gesehen, die sich beim Tor zum *feis*-Platz versammelt hatten.
- In der Gruppe beim Tor war ich nicht, Kapitän! sagte er.
- Haben Sie je *Séadna*[3] gelesen? sagte der Alte-Knabe ernsthaft.
So fuhren wir in unserem beschwingten und verbindlichen Gespräch noch lange fort, indem wir die Ereignisse des Tages und die schweren Zeiten erörterten. Ich schnappte im Laufe des Gesprächs von den beiden anderen eine ganze Menge Informationen über die Rosses auf, sowie auch über die schlechten Bedingungen, unter denen die Menschen dort lebten; alle waren barfuß und völlig mittellos. Einige befanden sich ständig in Schwierigkeiten, andere zechten in Schottland. In jeder Hütte gab es: (I) mindestens einen Mann, den man den »Spieler« nannte, ein liederliches Individuum, das einen großen Teil seines Lebens damit verbrachte, in Schottland zu zechen, das ferner Karten und Billard spielte, Tabak rauchte und in Schenken geistige Getränke trank; (II) einen ausgemergelten, alten Mann, der seine Zeit im

Bett vor dem Kamin verbrachte und sich zur Zeit der Abendbesuche erhob, um seine beiden Hufe in die Asche zu stellen, sich zu räuspern, seine Pfeife rot erglühen zu lassen und Geschichten von den schweren Zeiten zu erzählen; (III) eine anmutige Dirne namens Nuala oder Babby oder Mabel oder Rosie, die spätnachts von Männern mit einer Fünf-Viertel-Liter-Flasche aufgesucht wurde, wobei einer der Männer sich darum bemühte, sie zu freien. Man weiß nicht warum, aber genau so war es. Wer glaubt, ich spräche nicht die reine Wahrheit, möge die guten Bücher lesen, beziehungsweise die *guid buiks*, wie der Engländer sagt.

Schließlich erreichten wir die Rosses, und als es soweit war, hatten wir eine gute Portion der Erdkruste abgeschritten. Natürlich sind die Rosses ein freundlicher Landstrich, trotz allem Hunger. Zum ersten Male seit meiner Geburt sah ich eine Landschaft, die nicht von Regengüssen aufgeweicht war. In jeder Richtung schmeichelten die abwechslungsreichen Farben des Firmaments dem Auge. Eine weiche, süße Brise folgte uns auf den Fersen und half uns beim Gehen. Hoch oben in den Himmeln befand sich eine gelbe Lampe namens die Sonne, die Hitze und Licht über uns ausschüttete. In weiter Ferne standen große blaue Berghaufen nach Osten und Westen hin und beobachteten uns. Ein flinker Bach begleitete die Straße; er war am Grunde des Straßengrabens verborgen, aber wir wußten von seiner Anwesenheit, da er unsere Ohren mit einem sanften Murmeln beschenkte. Zu beiden Seiten war braunschwarzes Marschland, mit Felsen gesprenkelt. Ich konnte weder an den Rosses in ihrer Gesamtheit noch an irgendeinem einzelnen *ross* einen Fehler entdecken.

Das eine *ross* war so angenehm wie das andere.
Was nun die Jagd betrifft, so hatte der Alte-Graue-Knabe damit bereits begonnen, ehe ich bemerkte, daß die Landschaft ein waidgerechtes Aussehen gewann, oder daß der Alte-Knabe eine Fährte aufnahm. Er sprang plötzlich über den Zaun. Ich folgte ihm. Vor uns stand auf einem kleinen Feld ein stabiles Steinhaus. Bevor man hätte mit der Wimper zucken können, hatte der Alte-Knabe ein Fenster geöffnet und entschwand dem Blick in das Gebäude. Ich stand eine Weile da und bedachte die Wunder des Lebens, und dann, als ich ihm durch das Fenster folgen wollte, kam er auch schon wieder überstürzt heraus.
– In diesem Haus konnte man schon immer gut jagen, sagte er zu mir. Er öffnete seine Hand, und was Anderes war darin zu sehen, als fünf Shilling Silber, ein feines, elegantes Damenhalsband und ein kleiner Goldring? Befriedigt versorgte er diese Gegenstände in einer inwendigen Tasche und eilte mit mir weiter.
– Dem Schulmeister, O'Beenassa, gehört das Haus, sagte er, und ich habe es noch selten mit leeren Händen verlassen müssen.
– Wenn das der Fall ist, Sir, sagte ich aufrichtig, ist es dann nicht eine ungewöhnliche Welt, in der wir uns heute befinden, und ist nicht die Art der Jagd, die wir gerade betreiben, sehr außerhalb der Regel?
– Wenn das der Fall ist, sagte das scharfsinnige Geschöpf, müssen wir uns sputen!
Nachdem wir zu einem anderen schiefergedeckten Haus gekommen waren, trat der Alte-Knabe wiederum ein und kam nach einer gewissen Zeit mit einer Handvoll roten Geldes zurück, das er in einer Tasse auf der

Kommode gefunden hatte; in einem weiteren Haus stahl er einen silbernen Löffel; aus wieder einem anderen Haus nahm er eine solche Menge Nahrung mit, daß sie unsere verlorene Energie nach all den Wanderungen und Unbequemlichkeiten des Tages wieder herstellte.
– Ist es der Fall, sagte ich schließlich, daß in diesem Landstrich niemand lebt, oder ist es eher der Fall, daß sie uns alle verlassen haben und nach Amerika aufgebrochen sind? Wie immer es um diesen Weltenwinkel auch bestellt sein mag, alle Häuser sind leer, und niemand ist zu Hause.
– Eines ist klar, mein kleiner, schwacher Sohn, sagte der Alte-Knabe, du hast nie die guten Bücher gelesen. Wir haben jetzt Abend, und laut literarischem Schicksal tobt an der Küste ein Sturm, die Fischer sind auf dem Wasser in Schwierigkeiten, die Menschen haben sich am Strand versammelt, die Frauen weinen, und eine arme Mutter schreit: Wer wird meinen Mickey retten? So haben es die Gaelen schon immer gehalten, wenn es in den Rosses Abend wurde.
– Unglaublich, sagte ich, die Welt von heute.
Und tatsächlich, nachdem wir von Haus zu Haus gejagt und gestohlen hatten, kamen wir schließlich auf einen hohen Hügel, von dem wir in westlicher Richtung den Rand des Ozeans sehen konnten, wo die großen weiß schäumenden Wellen zur Küste strebten. Auf dem Gipfel des Hügels war das Wetter mild, doch konnte man dem zornigen Ausdruck der See entnehmen, daß sich die Menschen dort unten in einem Sturm befanden, und daß die Lage des Fischers, der jetzt auf See war, unangenehm sein mußte. Die weinenden Frauen am Strand konnte ich wegen der großen Entfernung, die zwischen

uns lag, nicht sehen, aber es konnte gar keinen Zweifel geben, daß sie da waren.
Wir saßen auf einem Felsen, ich und der Alte-Graue-Knabe, bis wir uns ausgeruht hatten. Die Taschen und Kleider des Alten-Knaben waren als Ergebnis seiner Diebereien vollgestopft, wobei ich die wertvollen Artikel, die er unter der Achselhöhle und in Händen trug, gar nicht erwähnen will. Er hatte zweifellos an diesem Tag einen guten Fang getan, und unser Besuch wird den Leuten in den Rosses kaum zum Vorteil gereicht haben. Der Alte-Knabe bat mich, ihm beim Tragen der Beute zu helfen.
– Wir werden jetzt, sagte er, zur Hütte meines Freundes Ferdinand O'Roonassa in Killeagh gehen, wo ich die Nacht verbringen werde und von wo du dich auf den Heimweg machen kannst, nachdem du für deine Person ein paar Kartoffeln und etwas neue Milch genossen hast. Ich werde mir von Ferdinand einen kleinen Karren borgen, und morgen werde ich mit allem, was ich heute genommen habe, zu Hause sein, Waidmannsdank.
– In Ordnung, Sir, sagte ich.
Wir gingen. Ferdinand lebte in einem kleinen Haus in der Ecke der Schlucht, wenn man die Landstraße in westlicher Richtung bereist. Uns wurde dort ein großes gaelisches Willkommen zuteil. Ferdinand war ein alter, ausgemergelter Mann, und es lebte nur seine Tochter bei ihm, Mabel (ein kleines, anmutiges Mädchen von schöner Gestalt), sowie eine alte Frau (es ist unbekannt, ob sie seine Frau oder seine Mutter war), welche seit zwanzig Jahren im Bett vor dem Kamin starb und immer noch diesseits im Großen Rennen war. Sie hatte

einen Sohn namens Mickey (*der Spieler* war sein Spitzname), doch war dieser drüben in Schottland und zechte.

Die Güter des Alten-Knaben wurden sorgfältig versteckt – es war offensichtlich, daß sich jeder auf dieses Geschäft verstand –, und dann setzten wir uns alle nieder, um Kartoffeln einzunehmen. Als wir mit dieser diätetischen Verrichtung fertig waren, bemerkte der Alte-Graue-Knabe Ferdinand gegenüber, ich sei ein junger Mensch, dem noch viel Kenntnis der Welt fehle, und daß ich noch nie einen echten *Shanachee* gehört hätte, der die echte Folklore in der alten gaelischen Manier nacherzählt.

– Daher, Ferdinand, sagte er, solltest du uns eine Geschichte erzählen, bitte.

– Sicher, gern würde ich euch eine Geschichte erzählen, sagte Ferdinand, nur schickt es sich nicht für einen Shanachee, in einem Haus zur Stunde des Abendbesuchs zu reden, ohne daß er sich behaglich vor den Kamin gesetzt und seine beiden Hufe in die Asche gestellt hat; statt dessen bin ich da, wo ich sitze, weit vom Feuer entfernt, und meine Schmerzen verbieten mir, aufzustehen und meinen Stuhl vor den Kamin zu schieben. Es war dieses saubere Pärchen, der Meerkater und der *Peerkus,* die mir die eben erwähnten Schmerzen angehext haben, soll der Tod sie alle beide holen!

– Keine Sorge, sagte der Alte-Graue-Knabe, ich werde deinen Stuhl und dich nach vorne schieben.

Gesagt, getan. Der Shanachee O'Roonassa wurde vor die weiche Flanke des Feuers geschoben, und wir alle versammelten uns um ihn herum und wärmten uns tüchtig auf, obwohl der Abend gar nicht kalt war.

Neugierig betrachtete ich den Shanachee. Er arrangierte seinen Leib schwelgerisch auf dem Stuhl, versorgte achtsam seinen Hintern unter sich, stellte seine zwei Hufe in die Asche, entfachte seine Pfeife zu roter Glut, reinigte, nachdem er Behagen gefunden hatte, seine Luftröhre und begann, seine Rede über uns auszugießen.

– Ich wußte es nicht, und woher denn auch, ich: ein kleines Kind in der Asche, sagte er, und unser Pats oder Mickileen oder die Nora mit den Locken, Tochter der Großen Nelly vom jungen Peter wußten ebenfalls nicht, warum man ihn den Kapitän nannte. Jedoch trug er die Zeichen auf sich, daß er ein Gutteil seines Lebens auf hoher See verbracht hatte. Es schien, als ziehe er seine eigene Gesellschaft jeder anderen vor, denn er lebte in einem kleinen weißgekalkten Haus rechter Hand in der Schlucht, wenn man die Straße in Richtung Osten entlang geht, und, bei Gott! die Menschen der Gegend schenkten ihm selten einen Blick. Er hatte einen weit abwesenden, einsamen Ausdruck, und oft hörte ich sagen, es laste ein großes Schandmal auf seinem Leben. Es hieß auch, er habe einen nicht geringen Teil seines Lebens in Schottland mit Zechen verbracht, er habe mehr als Wasser und Buttermilch getrunken, als er noch jung war und daß es nicht immer nur gute Taten gewesen seien, die er vollbrachte, und er söffe ferner, weil er ein barscher, stachliger Bursche sei, der nie versucht habe, die Sturmfluten der Wut einzudämmen, die jeden von uns gelegentlich überschwemmen. Davon abgesehen, war er zu allen, die sich an ihn wandten, angenehm und höflich, zumindest habe ich nichts anderes gehört. Mannigfaltig sind die Geschichten und die

Berichte von Geschichten, die ich über ihn gehört habe. Es hieß, er sei in Schottland Priester gewesen, sei dann ein paar Fingerbreit vom rechten Weg abgekommen und von der Kirche verstoßen worden. Andere sagten, er habe als junger Mensch in einer Kneipe einen Mann umgebracht und sei auf der Flucht in die Rosses gekommen. Jeder hatte seine eigene Geschichte.
Nun, dann kam Die Nacht des Großen Windes. Es erhob sich eine schwere Dünung, und die Fischer hatten wie üblich in der Hafenmündung mit Schwierigkeiten zu kämpfen, um das sichere Land zu erreichen. Da standen sie, die Frauen und die Weiber, und betrachteten in namenlosem Entsetzen die Männer vor den Felsenklippen, das Boot leckgeschlagen, schreckliche Brecher ohne Zahl, aus der westlichen Nachtfinsternis hervorkommend, warfen große Knäuel Seetang auf die schwarzen Abhänge der Felsen. Jede große mörderische Woge durchnäßte die Zuschauer am Strand; bis ins Mark waren sie vom Schaum des Meeres durchweicht. Der Schrei einer Mutter erhob sich über das Gekreisch des Windes: Oh! oh! wer wird meinen Paddy retten?
Weder ich noch Pats noch Mickileen noch Nora mit den Locken von der Großen Nelly vom jüngeren Peter hatten die Antwort erwartet, die sie auf diese Frage erhielt. Hinter den Menschen entstand eine Unruhe, und der Kapitän sprang herzu. Er schüttelte seinen Mantel ab, und bevor man ihm noch gut zureden konnte, war er in der See. *Ochone!* sagten die Menschen, wieder einen guten Mann eingebüßt!
Nun, in dieser Nacht gab es Kampf und Anstrengung und harte Arbeit und Leben und Tod auf See; aber, um eine schwere Geschichte leicht zu machen: es gelang

dem Kapitän, den Felsen zu erreichen, indem er die beiden, die da draußen waren, mit dem Tampen, den er sich um den Leib geschlungen hatte, aneinanderband, und, Gott sei uns allen gnädig! alle drei wurden sicher an Land gezogen. Es scheint, als habe sich der Kapitän in jener Nacht verletzt, denn am nächsten Tag wurde er tot aufgefunden.
Im Haus, in dem die Totenwache abgehalten wurde, habe ich die ganze Geschichte gehört.
Als er noch jung war und in Schottland zechte, hatte der Kapitän einen Bruder des einen Mannes auf dem Felsen und die Schwester des anderen getötet. Er verbrachte drüben zwanzig Jahre im Gefängnis, bevor er zurückkehrte, um sich in dem kleinen Haus in der Ecke der Schlucht niederzulassen. Welche Sünde er auch auf seiner Seele gehabt habe mochte, sie wurde in jener Nacht getilgt, als er die kühne Tat auf dem Felsen vollbrachte, womit er sich für mehr als alles entschädigte, bevor er starb. Erstaunlich, wie das Schicksal uns in diesem Leben von einer bösen Tat zu einer guten und wieder zurück treibt. Zweifellos war es der Meerkater, der den Kapitän dazu getrieben hat, die ersten beiden umzubringen, und eine andere Macht, die ihm die Kraft gab, die beiden anderen vor ihrem sicheren Todesurteil zu erretten. Es gibt vieles, das wir nicht verstehen und nie verstehen werden.
Der Shanachee hatte seine Erzählung beendet, und der Alte-Knabe und ich dankten ihm freigebig für die feine Geschichte, die er uns übermittelt hatte.
Inzwischen fiel Dunkelheit über die Welt, und ich bedachte, daß es Zeit für mich war, den Fuß auf die lange Straße vor mir nach Corkadoragha zu setzen. Als

ich gerade mein Lebewohl entbieten wollte, erklang ein höfliches und wahrhaft gaelisches Klopfen an der Tür, und zwei Männer traten ein, die ich nicht kannte. Es wurde nicht viel gesagt, doch ich verstand, daß einer der beiden der lockenköpfigen Mabel, die im Ende des Hauses schlummerte, mit Herz und Hand versprochen war und daß sie eine Fünf-Viertel-Liter-Flasche bei sich hatten, um den Handel zu vollenden und ihm Glück zu wünschen. Ich entbot Ferdinand und dem Alten-Grauen-Knaben ein herzliches Lebewohl und ging unter die nächtlichen Himmel hinaus.

Es war jetzt dunkel in den Rosses, aber ich hatte den Eindruck, daß sich das Aussehen der Welt irgendwie verändert hatte. Ich war schon eine Weile draußen, als ich bemerkte, was um mich her ungewöhnlich war. Der Boden war trocken, und kein Niederschlag ergoß sich auf mich. Es war offensichtlich, daß sich die Rosses von Corkadoragha unterschieden, denn in letzterem gab es keine Nacht, in der nicht Regengüsse aus den Himmeln auf uns herabschauerten. Hier war die Nacht unheimlich und unnatürlich, aber sie hatte zweifellos ihren eigenen Zauber.

Der Alte-Knabe hatte mir bereits die Route nach Corkadoragha beschrieben, und ich machte mich entschlossen auf den Weg. Die Sterne leuchteten mir, der Boden unter meinen Füßen war eben, und die kalte Würze des nächtlichen Windes schärfte meinen Appetit auf Kartoffeln. Wir würden drei Monate lang ein feines Leben führen – als Ergebnis der Diebereien, die mein Freund an jenem Tag begangen hatte. Im Gehen stimmte ich eine kleine gepfiffene Melodie an. Mein Weg würde mich fünf Meilen am Meer entlang führen und dann

nach Osten landeinwärts, den Launen der kleinen Straßen gemäß. Der sehnsüchtige Gesang des Ozeans blieb eine Stunde lang in meinem Ohr, während der salzige Geruch des Seetangs in meine Nase schwärmte; ich bereiste maritime Gefilde, ohne den Ozean zu sehen. Als ich mich daran machte, die Gesellschaft des Ozeans zu verlassen, führte mich der Pfad auf die Spitze eines Kliffs, und ich blieb ein Weilchen stehen, um zu schauen. Unten war ein breiter Sandstrand; weiß waren die kleinen Wellchen, die still auf die Küste rollten; rauh und aufgewühlt waren sie am Fuße des Kliffs, auf dem ich stand; angefüllt waren sie mit zerbrochenem Fels, der zottig war von den Kräutern des Meeres und mit kleinen Wasserpfützen funkelte, die im Zwielicht glänzten und geduldig den Höhepunkt der Flut erwarteten. Alles war so ruhig und friedlich, daß ich mich setzte, um die Gelegenheit meines Hierseins zu genießen und der Erschöpfung zu erlauben, meine Knochen zu verlassen.
Ich würde nicht sagen, daß ich kein Nickerchen machte, aber plötzlich barst eine starke Explosion mitten in die Stille hinein, und ich war hellwach sowie, natürlich, voll auf der Hut. Was auch immer für ein Dämon oder Lebewesen das sein mochte, ich hatte den Eindruck, daß sich das Wesen in einer Entfernung von etwa hundert Yards zu meiner Linken befand, und zwar in dem zerklüfteten Gebiet im Schatten des Kliffs, der Sicht jedes Auges entrückt. Ich habe noch nie so ein seltsames, unerkennbares Geräusch gehört. Einerseits war es ein sehr bestimmtes Geräusch wie ein Stein, der auf den anderen fällt; andererseits ähnelte es dem Lärm, den eine fette Kuh macht, wenn sie in ein mit Wasser

gefülltes Torfloch fällt. Ich blieb bewegungslos und lauschte, und mein Herz war voller Schrecken. Jedes andere Geräusch war nun verstummt; es gab nur noch die Laute, die verhalten von der See aufstiegen. Es gab jedoch noch etwas anderes, was ich spürte. Die Luft war jetzt faulig durch einen uralten Geruch nach Fäulnis, der die Haut meiner Nase zum Summen und Tanzen brachte. Furcht und Niedergeschlagenheit und Ekel überkamen mich. Das Geräusch und der Geruch waren miteinander verbunden! Mich wehte das starke Verlangen an, sicher zu Hause zu sein und im Ende des Hauses bei den Schweinen zu ruhen. Einsamkeit wehte mich an; ich war ganz allein an diesem Ort, und das unbekannte Üble war auf mich gestoßen.

Ich weiß nicht, ob ich in jenem Augenblick neugierig oder kühn war, aber ein starkes Verlangen erfaßte mich herauszufinden, was mir bevorstand und festzustellen, ob es irgendeine irdische Erklärung für das Geräusch und den Geruch gab, die ich bemerkt hatte. Ich erhob mich und ging nach Westen, nach Osten und dann nach Norden, bis ich unten auf dem Sand des Strandes stand. Der weiche, feuchte Sand war unter meinen Füßen. Ich ging vorsichtig zum Ort des Geräusches. Der üble Geruch war jetzt wirklich stark und verschlimmerte sich mit jedem Schritt, den ich unternahm. Trotzdem schritt ich weiter aus und betete, daß mich der Mut nicht verlassen möge. Eine Wolke hatte die Sterne bedeckt, und eine zeitlang war die Beschaffenheit des Küstenstreifens nur schwer auszumachen. Plötzlich nahm mein Auge einen Schatten wahr, der schwärzer war als die anderen am Fuß des Kliffs, und nun bedrängte mich der üble Geruch in einer Weise, die dazu angetan war, mir den Magen umzudrehen. Ich blieb stehen, um mit meinem Verstand ins reine zu kommen und Mut zu fassen. Bevor ich jedoch die Gelegenheit hatte, eines dieser Vorhaben auszuführen, bewegte sich das schwarze Objekt von dort, wo es stand, fort. Trotz dem großen Schrecken, der mich in jenem Augenblick gepackt hielt, beobachteten meine Augen genau jede Einzelheit, die da vor ihnen ausgebreitet war. Ein großer Vierbeiner hatte sich erhoben und stand nun inmitten der Felsen, wobei er Schauer fauligen Gestanks um sich spie. Zuerst dachte ich, ein übertrieben sperriger Seehund stehe vor mir, aber später straften die vier Beine diese Annahme Lügen. Dann verstärkte sich der matte Schein am Himmel ein wenig, und ich sah, daß sich in jener Nacht ein großes, starkes, behaartes Objekt in meiner Gesellschaft befand, grauhaarig und mit stechenden roten Augen, die mich wütend anstarrten. Die Dunkelheit war nun von seinem Atem verpestet, was meine Gesundheit dazu bewegte, mich eilig zu verlassen. Plötzlich ging ein Beben und Grunzen durch das Üble, und ich bemerkte, daß es im Begriff stand, mich anzugreifen und mich, vielleicht, zu fressen. Kein gaelisches Wort, das ich je gehört habe, kann den Schrecken beschreiben, der mich umklammert hielt. Ein Schüttelfrost beklemmte meine Glieder vom Scheitel meines Kopfes bis zu den Sohlen meiner Füße; mein Herz setzte bei jedem zweiten Herzschlag aus, und der Schweiß floß reichlich an mir herunter. Zu diesem Zeitpunkt dachte ich, meine Karriere auf Irlands grünem Festland würde nur von kurzer Dauer sein. Ich war noch nie in einer so ungesunden Lage gewesen wie in jener Nacht am großen Ozean. Die bittere, magere

Furcht, die kleine, glatte, feige Furcht überkam mich plötzlich. In mir erhoben sich ein Sturm des Blutes, ein Quell von Schweiß sowie übertriebene geistige Betriebsamkeit. Wieder stieß das graue Objekt dort unten ein Bellen aus. Gleichzeitig kam eine geisterhafte Bewegung in meine Füße, eine unirdische Bewegung, die meinen Körper flink und mit der Leichtigkeit des Windes über das rauhe Land trug, auf dem ich mich befand. Das Üble verfolgte mich. Husten und ein fauliger Gestank waren hinter mir, die mich über Irland, das Paradies, jagten und bewegten.

Als ich die Gabe der Wahrnehmung und des Lebensverständnisses wieder erlangt hatte, war ich ein weites Stück Weges gereist. Ich hatte nicht mehr die riesige See, Tang und Sand vor Augen, noch den bösen Geist auf den Fersen. Ich war vor dem namenlosen Dämon in Sicherheit. Ich war weder verletzt noch aufgefressen, aber, obschon erschöpft, hielt ich in meiner rasenden Flucht nicht inne, bevor ich sicher zu Hause in Corkadoragha war.

Am nächsten Tag kam der Alte-Graue-Knabe mit seiner Jagdtasche zu uns zurück. Wir begrüßten ihn zärtlich und ließen uns dann zusammen nieder, um Kartoffeln zu essen. Als alle im Haus, Menschen wie Paarhufer, sich mit Kartoffeln gefüllt hatten, nahm ich den Alten-Knaben beiseite und flüsterte ihm ins Ohr. Ich gab an, meine Gesundheit sei nach den Vorfällen der letzten Nacht nicht die beste.

– Hast du gesoffen, oh, junger, kleiner Sohn, sagte er, oder gestohlen?

– Auf Ehre nein, Sir! antwortete ich, sondern ein großes Ding auf Beinen hat mich gejagt. Ich kenne kein

einziges gaelisches Wort dafür, aber es war mir nicht wohl gestimmt, da gibt es keinen Zweifel. Ich weiß nicht, wie es mir gelang, ihm zu entkommen, aber heute bin ich hier, und das ist ein großer Sieg für mich. Es wäre eine Schande gewesen, wenn ich für dieses Leben verloren gegangen wäre, noch dazu in der Blüte meines Lebens, denn meinesgleichen wird es nie wieder geben.
– Warst du zu der Zeit in Donegal, mein Seelchen? sagte er.
– Allerdings.
Eine grübelnde Wolke verdichtete sich über dem Gesicht des Alten-Grauen-Knaben.
– Könntest du für mich, sagte er, Umriß und Aussehen des wilden Dinges zu Papier bringen?
Die Erinnerung an die vorige Nacht war so fest in meine Seele geätzt, daß ich ohne viel Verzug ein Bild des Geschöpfs anfertigte, nachdem ich mich mit Papier versorgt hatte. Es sah so aus:

Der Alte-Knabe betrachtete das Bild* gründlich, und ein Schatten kroch über sein Antlitz.

* Der gute Leser wird freundlichst die große Ähnlichkeit des Meerkaters, wie O'Coonassa ihn dargestellt hat, mit dem angenehmen kleinen Land, welches das unsere ist, bemerken. Vieles im Leben ist uns unverständlich, aber es ist nicht ohne Bedeutung, daß der Meerkater und Irland den gleichen Umriß aufweisen und daß beiden das gleiche böse Geschick, die gleichen schweren Zeiten und das gleiche Unglück anhaftet, das auch über uns hereingebrochen ist.

– Wenn die Sache so ist, Sohn, sagte er angstvoll, dann ist es wirklich eine gute Nachricht, daß du heute lebst und gesund unter uns weilst. Was du letzte Nacht getroffen hast, war der Meerkater!
Der Meerkater!
Das Blut floß aus meinem Gesicht, als ich hörte, wie der böse Name vom Alten-Knaben erwähnt wurde.
– Es scheint, sagte er, daß er gerade aus der See gekommen ist, um in den Rosses irgendein Unheil anzurichten, denn in der Vergangenheit wurde er oft in jener Gegend gesehen, wie er die Habenichtse angriff und Tod und Unglück großzügig unter ihnen verteilte. Sein Name ist dort immer in aller Munde.
– Der Meerkater...? sagte ich. Meine Füße waren nicht gerade unerschütterlich unter mir, als ich dort stand.
– Der nämliche Kater.
– Ist es denn der Fall, sagte ich schwächlich, daß vorher noch niemand den Meerkater gesehen hat?
– Mir ist, als sei er schon gesichtet worden, sagte er langsam, doch hat niemand davon berichtet. Niemand hat es überlebt!
Unser Gespräch erfuhr eine kurze Unterbrechung.
– Ich werde mich in die Binsen legen, sagte ich, und Sie Ihrer Pfeife überlassen!

6. Kapitel

Ich werde ein Mann ♣ *Heiratsfieber
ich und der Alte-Graue-Knabe in den Rosses
ich heirate* ♣ *Tod und Mißgeschick*

Als ich ein Mann geworden war (doch weder gesund war, noch kräftig), dachte ich mir eines Tages, daß es anders bestellt sei mit mir als mit jenen, die in Corkadoragha meine Zeitgenossen waren und in meiner Gesellschaft aufwuchsen. Sie waren verheiratet und hatten zahlreiche Kinder. Zweifellos gingen einige von diesen bereits zur Schule und wurden vom Schulmeister auf den Namen Jams O'Donnell getauft. Ich hatte keine Frau, und es schien mir, daß mir als Folge dieses Umstandes niemand auch nur einen Funken Respekt entgegenbrachte. Zu jenem Zeitpunkt hatte ich noch keine Ahnung von den grundlegenden Fakten des Lebens, geschweige denn von sonst etwas. Ich glaubte, die kleinen Kinder fielen vom Himmel und daß, wer sich Kinder wünschte, nur etwas Glück und einen schönen, weiträumigen Acker haben müsse. Trotzdem hegte ich einen kleinen Argwohn, daß die Dinge nicht so lagen. Es gab Leute – alte, verkrüppelte Personen –, die große Bauernhöfe besaßen und trotzdem kinderlos waren, während andere Leute, die nicht genug Land hatten, um ein Huhn zu ernähren, das Haus voller kleiner Menschen hatten.

Ich betrachtete es als vernünftig, diese Frage dem Alten-Grauen-Knaben vorzulegen.

– Warum und weshalb, Sir, sagte ich eines Tages zu ihm, bin ich nicht verheiratet?

– Der, so sich in Geduld faßt, sagte er, wird Zufriedenheit finden.
Damit ließen wir es einstweilen bewenden, aber ich bedachte die Angelegenheit einen Monat lang in aller Bequemlichkeit, während ich in die Binsen am Ende des Hauses ausgestreckt lag. Ich bemerkte, daß immer Männer Frauen und Frauen Männer heirateten. Obwohl ich oft hörte, daß Martin O'Bannassa mich in Gegenwart meiner Mutter als armes Geschöpf bezeichnete, war ich der Meinung, daß mich manche Frau bereitwillig als Mann akzeptiert hätte.
Eines Tages, ich befand mich gerade auf der Landstraße, begegnete ich einer Dame aus dem oberen Corkadoragha. Sie grüßte mich ruhig, und ich richtete einige wenige Worte an sie.
– Dame, sagte ich, ich bin zum Manne herangewachsen und sehen Sie, ich besitze keine Familie. Besteht vielleicht die Möglichkeit, oh, lebhaft ehrbare Dame, daß Sie mich heiraten?
Ich empfing weder Segensspruch noch freundlichen Bescheid, sondern sie strebte mit aller Macht auf der Landstraße von mir fort, wobei sie laut fluchte. Als es für die nächtlichen Güsse Zeit wurde herniederzufallen, erschien ein großer, robuster schwarzhaariger Mann bei meiner Mutter und fragte nach mir. Er hielt einen Knüppel aus Schwarzdorn umklammert, und um sein Gesicht spielte das Stirnrunzeln großen Ärgers. Meine Mutter spürte, daß seine Pläne nicht auf gute Taten und süße Worte abzielten, soweit sie mich betrafen, und sie sagte, ich sei nicht zu Hause anwesend, sie rechne aber mit meiner Rückkunft. Nun verhielt es sich so, daß ich mich gerade in der Lage befand, die für mich

die normale ist, *i. e.* ich ruhte im Ende des Hauses auf den Binsen. Der schwarzhaarige Mann verließ uns, aber er äußerte viele üble Worte sowie Beiworte, auf denen nicht der geringste Segen ruhte, als er uns verließ. Sein Besuch versetzte mein Herz in Schrecken, denn ich machte mir klar, daß sein Besuch in gewisser Verbindung zu der Dame stand, die ich auf der Landstraße getroffen hatte.

Nachdem ich die Angelegenheit ein weiteres Jahr lang bedacht hatte, näherte ich mich dem Alten-Knaben aufs Neue.

– Ehrlicher Bursch! sagte ich, ich warte jetzt schon zwei Jahre ohne Gattin, und ich glaube nicht, daß mir ohne eine je etwas gelingen wird. Ich fürchte, die Nachbarn machen sich über mich lustig. Glauben Sie, daß man der heiklen Lage, in der ich mich befinde, Abhilfe verschaffen kann, oder werde ich bis zum Tage meines Todes und immerwährenden Begräbnisses allein bleiben?

– Junge! sagte der Alte-Knabe, es wäre für dich notwendig, daß du ein Mädchen kenntest.

– Wenn die Sache so ist, erwiderte ich, wo, glauben Sie, findet man die besten Mädchen?

– In den Rosses, ohne jeden Zweifel!

Mir kam der Meerkater in den Sinn, und ich begann, mir Sorgen zu machen. Indessen hat es wenig Sinn, die Wahrheit bestreiten zu wollen, und so vertraute ich dem Alten-Knaben.

– Wenn das freilich so ist, sagte ich in kühnem Ton, gehe ich morgen in die Rosses und besorge mir eine Frau.

Dem Alten-Knaben behagte dies gar nicht, und er ver-

In den guten Büchern, in denen die Verhältnisse der gaelischen Habenichtse geschildert werden, heißt es, daß zwei Männer mitten in der Nacht zu Besuch kommen, falls sie eine Fünf-Viertel-Flasche bei sich haben und eine Frau suchen.

suchte eine ganze Zeitlang, mir das Heiratsfieber auszureden, das über mich gekommen war, aber ich hatte natürlich nicht das geringste Verlangen, den Entschluß, der sich seit einem Jahr in meinem Hirn festgesetzt hatte, zu brechen. Schließlich gab er nach und setzte meine Mutter von der Neuigkeit ins Bild.
– *Wisha!* sagte sie, das arme Geschöpf!
– Wenn es ihm gelingt, eine Frau aus den Rosses zu kriegen, sagte der Alte-Graue-Knabe, woher sollen wir wissen, ob sie keine Mitgift hat? Würde dergleichen uns nicht eine große Hilfe sein in einem Haus und in einer Zeit, da die Kartoffeln fast verbraucht sind und in der Flasche der letzte Tropfen erreicht ist?
– Ich würde nicht sagen, daß du nicht wahr gesprochen hast, sagte meine Mutter.
Endlich beschlossen sie, mir ganz und gar meinen Willen zu lassen. Der Alte-Knabe sagte, er sei mit einem Mann in Gweedore bekannt, der eine nette, lockenköpfige Tochter besitze, die, bisher, unverheiratet sei, obwohl die jungen Männer von beiden Sandbänken sie umschwärmten, von wütendem Eifer erfüllt, sie zu heiraten. Ihr Vater hieß Jams O'Donnell, und Mabel war der Name der Jungfer. Ich sagte, ich würde es zufrieden sein, sie zu nehmen.
Am nächsten Tag steckte sich der Alte-Knabe eine Fünf-Viertel-Liter-Flasche in die Tasche, und wir machten uns zusammen auf den Weg nach Gweedore. Zur Mitte des Nachmittags nach einem ordentlichen Marsch erreichten wir diese Ansiedlung, während das Tageslicht noch in den Himmeln verweilte. Plötzlich blieb der Alte-Knabe stehen und setzte sich an den Straßenrand.

- Sind wir denn nicht in der Nähe der Behausung und des dauerhaften Heims jenes Herrn namens Jams O'Donnell? fragte ich sanft und ruhig, da ich das Tun des Alten-Knaben in stillen Zweifel zog.
- Doch, das sind wir! sagte er. Dort unten ist sein Haus.
- Na, bitte, sagte ich. Kommen Sie, damit wir den Handel abschließen und unsere Abendkartoffeln einnehmen können. Es hat sich ein beißender Hunger meinem üblichen Hunger beigesellt.
- Kleiner Sohn! sagte der Alte-Knabe voller Trauer, ich fürchte, du verstehst die Welt nicht. In den guten Büchern, in denen die Verhältnisse der gaelischen Habenichtse geschildert werden, heißt es, daß zwei Männer mitten in der Nacht zu Besuch kommen, falls sie eine Fünf-Viertel-Flasche bei sich haben und eine Frau suchen. Deshalb müssen wir bis Mitternacht hier sitzenbleiben.
- Aber heute nacht wird es naß werden. Die Himmel sind übervoll.
- Das macht nichts! Es hat keinen Sinn, dem Schicksal entfliehen zu wollen, oh du mein Busenfreund!

In jener Nacht gelang es uns weder, dem Schicksal, noch dem Regen zu entrinnen. Wir waren auf Haut und Knochen durchnäßt. Als wir endlich Jams O'Donnells Boden erreichten, waren wir völlig durchgeweicht; das Wasser lief reichlich von uns ab, und wir benäßten sowohl Jams und sein Haus als auch alles andere Anwesende, Gegenstand oder Kreatur. Wir löschten sogar das Feuer, und es mußte neunmal wieder angefacht werden. Mabel war im Bett (oder war zu Bett gegangen), aber es besteht für mich keine zwingende Notwendigkeit, das dumme Gespräch zu beschreiben, das der Alte-Knabe mit Jams führte, als sie die Frage dieser Verbindung erörterten. Die gesamten Reden sind in den Büchern nachzulesen, die ich bereits erwähnt habe. Als wir Jams in der hellen Morgendämmerung verließen, war mir das Mädchen anverlobt, und der Alte-Knabe war betrunken. Wir erreichten Corkadoragha zur Mittagsstunde des Tages und waren mit den Ergebnissen der Nacht recht zufrieden.

Ich brauche kaum zu erwähnen, daß in unserer Ansiedlung Lustbarkeit und Überschwang herrschten, als der Tag der Hochzeit herangerückt war. Die Nachbarn kamen, um mir zu gratulieren. Der Alte-Knabe hatte inzwischen die Mitgift vertrunken, die er erlangt hatte, und es gab im ganzen Haus keinen einzigen guten Tropfen, den man den Nachbarn hätte anbieten können. Als ihnen klar wurde, daß die Dinge so standen, wurden sie von Trübsal und schlechter Laune gepackt. Von den Männern war gelegentlich bedrohliches Geflüster zu hören, und die Frauen machten sich daran, unsere gesamten Kartoffeln und all unsere Buttermilch zu vertilgen, um drei Monate Hunger und Mangel über uns zu bringen. Ein Schrecken bemächtigte sich des Alten-Knaben, als er sah, wie es um die Gesellschaft stand. Er flüsterte mir verstohlen ins Ohr.

– Junge! sagte er, wenn diese Bande nicht geistige Getränke und Tabak von uns bekommt, fürchte ich, daß uns noch diese Nacht eines unserer Schweine gestohlen wird.

– Alle anderen Schweine sowie mein Weib werden ebenfalls gestohlen werden, Sir, erwiderte ich.

Zu diesem Zeitpunkt befand sich Mabel im Ende des

Hauses, und meine Mutter befand sich auf Mabel. Das arme Mädchen versuchte, zu entkommen und in ihres Vaters Haus zurückzukehren, und meine Mutter mühte sich, sie zur Vernunft zu bringen und ihr vorzuhalten, es sei ihre Pflicht, sich dem gaelischen Schicksal klaglos zu unterwerfen. In jener Nacht war unser Haus von bitterlichem Weinen und großem Tumult erfüllt.

Es war kein anderer als Martin O'Bannassa, der uns rettete. Als alles sich zum schlimmsten gewendet hatte, erschien er mit einem Fäßchen von dem wahren Wasser unter dem Arm. Ruhig überreichte er mir das Fäßchen und gratulierte mir formvollendet zu meiner Eheschließung. Als die Gesellschaft im Haus gewahrte, daß die Tür der Gastfreundschaft endlich aufgestoßen war, wollte sie fröhlich und guter Dinge sein und begann zu trinken, zu tanzen und mit aller Kraft Musik zu machen. Nach einem Weilchen waren sie so in Fahrt, daß das Haus erschüttert wurde und die Schweine, von Angst und Schrecken ergriffen, durcheinanderstoben. Man gab der Frau im Ende des Hauses eine volle Tasse jenes feurigen Wassers – trotz dem Umstand, daß sie nicht den Magen dafür hatte –, und es dauerte nicht lange, bis sie ihren Widerstand aufgegeben hatte und in den Binsen in einen trunkenen Schlummer gefallen war. Je mehr die Männer sich voll tranken, desto mehr verloren sie ihre angeborenen guten Manieren und guten Sitten. Gegen Mitternacht wurde bereits großzügig Blut vergossen, und einige Männer in der Gesellschaft lagen ohne einen Faden Kleidung auf dem Fußboden. Um drei Uhr morgens starben zwei Männer im Ende des Hauses, nachdem sie miteinander gekämpft hatten – arme gaelische Habenichtse ohne Arg, die keine Er-

fahrung mit dem Blitz-Wasser in Martins Fäßchen hatten. Was den Alten-Knaben betrifft, so hätte er beinahe mit den beiden anderen der Ewigkeit ins Antlitz geblickt. Er hatte sich nicht am Kampf beteiligt, und kein einziger Hieb wurde an ihn ausgeteilt, aber während der Tanzerei saß er in der Nähe des Fäßchens. Ich fand es gut, daß meine Frau die Macht über ihre Sinne verloren hatte und sich des Verlaufs dieser Hochzeitsfeier nicht bewußt war. Man hörte keinen einzigen süßen Ton, und nicht jede Hand, die sich erhob, tat dies, um Gutes zu tun.
Ja! als ich etwa einen Monat lang verheiratet war, erhoben sich Zank und böse Worte zwischen meiner Frau und meiner Mutter. Die Lage verschlechterte sich mit jedem Tag, und schließlich riet uns der Alte-Knabe, endgültig aus dem Haus auszuziehen und uns anderswo niederzulassen, denn, sagte er, so sei es bei jungverheirateten Ehepaaren schon immer gewesen. Es sei weder richtig noch schicklich, sagte er, wenn zwei Frauen unter einem Dach lebten. Mir war klar, daß ihn ihr Streit verärgerte und ihm den Nachtschlaf raubte. Als unseren Wohnsitz wählten wir die alte Hütte, die früher einmal für die Tiere gebaut worden war. Nachdem dies vollbracht war und wir die Binsenbetten errichtet hatten, verließen ich und mein Weib das andere Haus in Begleitung zweier Schweine und nahmen einige wenige kleine Haushaltsartikel mit, um unser Leben im neuen Domizil zu beginnen. Mabel war im Kochen von Kartoffeln bewandert, und wir lebten ein Jahr lang friedlich miteinander, wobei wir im Ende des Hauses geselligen Umgang miteinander pflegten. Oft kam der Alte-Graue-Knabe zu Besuch, um sich am Nachmittag mit uns zu unterhalten.

Ja! das Leben ist ungewöhnlich. Einmal, als ich in der Schwärze der Nacht aus Galway zurückkehrte, was fand ich da anderes im Ende des Hauses vor, als ein frisch erworbenes Ferkel! Meine Frau schlief, während das winzige, hellhäutige Ding in der Mitte des Hauses quiekte. Ich nahm es vorsichtig auf und ließ es vor Staunen wieder fallen, als ich genauer bemerkte, was ich da hatte. Es hatte einen kleinen, kahlen Kopf, ein Gesicht von der Größe eines Enteneis und Beine, so, wie ich sie habe. Ich hatte ein Baby-Kind. Muß ich erwähnen, daß die Art, wie mir das Herz hüpfte, sowohl freudig als auch nicht zu beschreiben war? Wir hatten ein junges männliches Kind! Ich fühlte, wie Gewichtigkeit und Überlegenheit mein Herz erfüllten und wie Inhalt in meinen Körper kam!

Sanft legte ich das Junge neben seine Mutter, eilte hinaus zum Alten-Knaben und nahm die Flasche mit geistigem Getränk mit, die ich ein Jahr lang versteckt gehalten hatte. Im Dunkeln tranken wir ein Glas miteinander, und dann noch ein Glas, und dann tranken wir auf die Gesundheit des jungen Sohnes. Einige Zeit später, als manche der Nachbarn das Rufen und die trunkene Erregung, die von uns ausging, gehört hatten, wurde ihnen klar, daß wahres Wasser unentgeltlich erhältlich war, und sie erhoben sich von ihren Binsenlagern, um sich bei uns zu versammeln und uns Gesellschaft zu leisten. Bis zum Morgen verbrachten wir eine großartige Nacht. Wir beschlossen, den jungen Mann Leonardo O'Coonassa zu nennen.

Doch weh! das Glück ist nicht von Dauer, noch ist es die Freude für den gaelischen Habenichts, denn der Geißel des Schicksals kann er nicht für lange Zeit entrinnen. Eines Tages bemerkte ich, als ich auf dem Rasen vor der Tür mit Leonardo spielte – ein Jahr und einen Tag war er alt –, daß ihn plötzlich ein gewisses Unwohlsein befiel und daß er von der Ewigkeit nicht weit entfernt war. Sein kleines Gesicht war grau, und ein zerstörerischer Husten befiel seine Kehle. Meine Angst wuchs, als ich das Geschöpf nicht beruhigen konnte. Ich ließ ihn im Gras zurück und lief ins Haus, um mein Weib zu suchen. Was anderes fand ich vor als sie, hingestreckt, totenkalt auf den Binsen, ihr Mund weit geöffnet, während die Schweine sie umgrunzten. Als ich wieder an die Stelle kam, wo ich Leonardo zurückgelassen hatte, war er ebenfalls ohne Leben. Er war dorthin zurückgekehrt, woher er gekommen war.

Dies, Leser, sind einige Beispiele für Sie vom Leben der gaelischen Habenichtse in Corkadoragha, sowie ein Bericht über das Schicksal, das sie von ihrem ersten Tage an erwartet. Auf große Lustbarkeit folgt Kummer, und gutes Wetter hält nie ewig an.

7. Kapitel

Sitric, der Bettler ♣ *Hungersnot und Schicksalsschlag
auf der Suche nach Seehunden beim Felsen
eine Sturmnacht* ♣ *ein Mann, der nicht zurückkam
bei den Seehunden zu Gast*

Es lebte einmal in dieser Gemeinde ein Mann, und man nannte ihn Sitric O'Sanassa. Er war ein guter Waidmann, besaß ein gutes Herz und jede andere gute Eigenschaft, die zu allen Zeiten Lob und Anerkennung verdienen. Doch ach! gab es davon abgesehen ihn betreffend noch etwas anderes zu berichten, das weder gut noch günstig war. Er besaß die allerbeste Armut; Hunger und Elend kamen noch hinzu. Er war großzügig und mit einer offenen Hand begabt, und nie besaß er ein Objekt, und sei es noch so gering gewesen, das er nicht mit den Nachbarn teilte; nichtsdestoweniger kann ich mich nicht erinnern, daß er zu meiner Zeit auch nur das Geringste besessen hätte, nicht einmal die Anzahl kleiner Kartoffeln, die man braucht, um Leib und Seele zusammenzuhalten. In Corkadoragha, wo jedes menschliche Wesen in der Armut versunken war, betrachteten wir ihn immer als Empfänger von Almosen und tätigem Mitleid. Die Herren aus Dublin, die in Automobilen kamen, um die Habenichtse zu inspizieren, priesen ihn um seiner gaelischen Armut willen und verkündeten, sie hätten nie jemanden gesehen, der ihnen so wahrhaft gaelisch vorgekommen wäre. Einer der Herren zerbrach eine kleine Wasserflasche, die sich in Sitrics Besitz befand, weil sie, wie er sagte, den ganzen Effekt verderbe. In ganz Irland gab es niemanden, der sich mit O'Sanassa in der Erlesenheit seiner Armut messen konnte; mit dem hohen Grad von Hungersnot, der sich in seiner Person darstellte. Er hatte weder Schwein, noch Tasse, noch sonstiges Haushaltsgerät. Oft sah ich ihn auf dem Hügel in Kampf und Wettbewerb mit einem streunenden Hund, wobei beide um einen dünnen, harten Knochen stritten und das gleiche Knurren und ärgerliche Gebell hören ließen. Ebensowenig besaß er eine Hütte, geschweige denn hatte er je Bekanntschaft mit Unterschlupf oder Herdfeuer geschlossen. Er hatte mit seinen zwei Händen ein Loch in die Landschaft gegraben und über dessen Öffnung alte Säcke, Äste, sowie auch jedes andere nützliche Objekt gelegt, das Schutz gegen das Wasser bieten mochte, welches jede Nacht auf unseren Landstrich fiel. Fremde meinten im Vorübergehen, er sei ein Dachs, der sich in die Erde verkrochen habe, wenn sie den schweren Atem hörten, der aus den Niederungen des Loches erklang, und sie sahen sich durch das wilde Erscheinungsbild der Behausung im allgemeinen darin bestätigt.

Eines Tages, als ich, der Alte-Graue-Knabe und Martin O'Bannassa miteinander auf dem Vorsprung eines Hügels saßen, das schwere Leben erörterten und über das schlimme Los, das jetzt (und ewiglich) auf Irland lastet, Überlegungen anstellten, nahm unsere Konversation eine Wendung und richtete sich nunmehr auf unsere Leute daheim und die Kartoffelknappheit und ganz besonders auf Sitric O'Sanassa.

– Ich glaube nicht, meine Herren, sagte Martin, daß Sitric in den letzten beiden Tagen eine Knolle gesehen hat.

– Bei meiner Seele, sagte der Alte-Knabe, da habt Ihr

In ganz Irland gab es niemanden, der sich mit O'Sanassa in der Erlesenheit seiner Armut messen konnte; mit dem hohen Grad von Hungersnot, der sich in seiner Person offenbarte. Er hatte weder Schwein, noch Tasse, noch sonstiges Haushaltsgerät. Oft sah ich ihn auf dem Hügel in Kampf und Wettbewerb mit einem streunenden Hund, wobei beide um einen dünnen, harten Knochen stritten und das gleiche Knurren und ärgerliche Gebell hören ließen.

sicher recht, und es läßt sich mit dem rauhen Gras, das diesen Hügel deckt, keine Gesundheit erzielen.

– Ich sah den armen Burschen gestern, sagte ich, und er war im Freien und trank das Regenwasser.

– Ein schmackhafter Tropfen, wenn auch nicht sehr nahrhaft, sagte der Alte-Knabe. Wenn die Gaelen Nahrung aus dem Wasser des Himmels gewinnen könnten, dann glaube ich nicht, daß es in dieser ganzen Gegend auch nur einen dünnen Bauch gäbe.

– Wenn der netten Gesellschaft an meiner Meinung gelegen ist, sagte Martin, dann würde ich sagen, daß der nämliche arme arglose Mann von der Ewigkeit nicht weit entfernt ist. Jeder, der sich für längere Zeit ohne Kartoffeln behelfen muß, ist ungesund.

– Oh, Männer der süßen Worte, sagte ich ernst, wenn meine Augen nicht irren, kommt Sitric soeben aus seiner Höhle heraus.

Sitric stand unten auf dem flachen Erdboden und starrte um sich, ein langer Speer von einem Menschen, der vor Hunger so dünn war, daß das Auge ihn zu bemerken verfehlt hätte, wenn er seitlich im Blickfeld gestanden hätte. Er schien sowohl froh als auch närrisch und entriet jeder Kontrolle über seine Füße, da die Morgenluft ihn trunken machte. Nachdem er eine Zeitlang gestanden hatte, brach er in einem Anfall von Schwäche zusammen und fiel in den Morast.

– Kein großes Stehvermögen, sagte der Alte-Graue-Knabe, wohnt in einem, der lange ohne eine Kartoffel auskommen mußte.

– Es ist die Wahrheit, die Ihr da gesprochen habt, Freund, sagte Martin, und diese Wahrheit ist wahr.

– Aus Furcht, oh, ihr verehrungswürdigen Giganten,

sagte ich, daß er in diesem nämlichen Augenblick von uns geht und einen Schritt auf dem Weg der letzten Wahrheit unternimmt, würde ich mir das Urteil erlauben, daß es gut für uns wäre, wenigstens mit ihm zu sprechen, und sei es nur, um ihn für seine Wanderschaft zu segnen.
Sie gaben mir recht, und wir verfügten uns hinunter und an denselben Ort, wo sich auch der Bresthafte befand. Er schrak auf, als er die Schritte in seiner Nähe wahrnahm und begrüßte uns mit leiser Stimme, aber formvollendet und freundlich. Offengestanden war er derzeit in einer elenden Verfassung. Sein Atem entwich ihm schwächlich, und was das rote Blut in seinem Innern betrifft, so zeugte kein Stück seiner Haut von dessen Anwesenheit.
– Ist es lang her, seitdem du einen Bissen Nahrung gegessen hast, Sitric, Freund aller Freunde? forschte Martin munter.
– Seit einer Woche habe ich keine Kartoffel gekostet, erwiderte ihm Sitric, und einen Monat ist es her, daß ich ein Stückchen Fisch kostete. Alles, was man mir zur Essenszeit serviert, ist der schiere Hunger, noch dazu ohne Salz. Gestern nacht aß ich einen Klumpen Torf, und ich würde nicht sagen, daß diese schwarze Mahlzeit sich allzu gut mit meinem Bauch vertrug, sei Gott uns allen gnädig! Leer war ich letzte Nacht, doch nun ist, dem zum Trotz, mein Bauch voller Schmerzen. Ist es nicht so, Freunde, daß der Tod jene nur langsam heimsucht, die ihn am dringlichsten begehren?
– Wehe dem, der Marschland ißt! sagte der Alte-Knabe. Im Torf steckt keine Gesundheit, aber, natürlich, woher sollen wir wissen, daß uns die Marschen und Hügel nicht doch noch dermaleinst als Nahrung dienen

werden, möge Gott jene behüten, so dies hören!
Sitric wechselte die Stellung, in der er sich gerade befunden hatte, wälzte sich auf den Rücken und starrte uns mit seinen blutunterlaufenen Augen an.
– Ihr würdigen Menschen, sagte er, könntet ihr mich zur Küste tragen und ins Meer werfen? Ich wiege weniger als ein Kaninchen, und es wäre eine kleine Tat für wohlgenährte, gesunde Männer, mich über ein Kliff zu werfen.
– Hab keine Angst, bei meiner Seele! sagte Martin traurig, denn es wird eine meiner Kartoffeln für dich geben, solange wir zu Hause Schweine halten und solange ein Topf für sie kocht. Du dort, sagte er zu mir, hinüber mit dir, und hole eine große Kartoffel aus dem Schweinetopf in meiner eigenen ärmlichen Hütte.
Ich brach entschlossen auf und machte nicht eher halt, als bis ich die größte Kartoffel im Topf sichergestellt und an den Ort der Hungersnot gebracht hatte. Der Mann auf dem Erdboden vertilgte gierig die Kartoffel, und als er die Mahlzeit verschluckt hatte, bemerkte ich, daß er sich beträchtlich von seinem schlechten Gesundheitszustand erholt hatte. Er setzte sich auf.
– Das war ein wirklich schmackhaftes Mahl, und ich bin bis oben hin voller Dankbarkeit, sagte er, aber ihr müßt verstehen, daß es mir gar nicht behagt, euch anzubetteln oder die Schweine darben zu lassen. Ich werde immer ohne Haus sein, und je eher man mich ins Meer wirft, desto eher werdet ihr alle erleichtert. Ich möchte unter Wasser sein und nie wieder hochkommen ...
– Ich habe noch nie gehört, sagte der Alte-Knabe, daß sich jemand behaglich gefühlt hätte, der in See stach,

ohne ein Schiff unter sich zu haben!
– ... So übel sonst die salzige See sein mag, erwiderte Sitric, für einen Burschen, der in diesem schmutzigen Loch haust, jede Nacht den Niederschlag auf seinem Kopf und nichts vor sich als ewigen Schlamm und Nässe und die schiere Hungersnot ... für einen solchen wäre sie ganz gemütlich ...
– Vergeßt nicht, sagte ich, daß Ihr ein Gaele seid, und daß es nicht das Glück sein kann, das Eurer harrt!
– ... und die Plage und die Bitterkeit und das Unglück ... sagte Sitric.
– Es ist nicht natürlich, daß wir immer die Regenschauer über uns haben, sagte der Alte-Knabe, ohne ein Fleckchen Sonnenlicht dazwischen zu unregelmäßigen Zeitpunkten.
– ... und die verwünschten Dachse und der Meerkater und die braunen Meermäuse, die mir jede Nacht auf dem Kopf herumtanzen ... sagte Sitric.
– Woher wollen wir wissen, sagte Martin, daß die Sonne Corkadoragha je erreichen wird?
– ... und immer, bis der Teufel stirbt, gibt es Elend, Schwierigkeiten und Erschöpfung; Wetter, Frost, Schnee, Donner und Blitz; jede Nacht ergießt sich aller Groll der Erde aus den Himmeln ...
– Es kommt der Tag auch für O'Sanassa![1] sagte ich, wie ein falscher Prophet.
– ... und die Flöhe! sagte Sitric.
Er war offensichtlich schlecht gelaunt, in einer schlechten Lage, in schlechter Verfassung, und seine Zukunft war düster. Ich hatte vorher noch nie gehört, daß er geflucht oder geklagt hätte. Ein solcher Vorfall war weder korrekt noch gaelisch, und wir bemühten uns,

ihn zu beruhigen und aufzuheitern, damit er nicht doch noch und von uns unbemerkt in den Ozean ging. Martin O'Bannassa sprach das passende Wort aus.
- Ich war gestern in Dingle, sagte er, und ich unterhielt mich mit einem Mann von der Great-Blasket-Insel. Er sagte, die Seehunde seien um Irish Mickelaun sehr zahlreich, und die Inselbewohner trügen sich mit der Absicht, einige Stück zu erlegen. Der Tran ist wertvoll, und das Fleisch ist wohlschmeckend.
- Diese Arbeit ist nicht ungefährlich, Freund! sagte ich.
Die Aussicht, solchen Burschen entgegenzutreten und sie möglicherweise anfassen zu müssen, behagte mir nicht sehr. Mir schwante, daß man leicht zu Tode kommen oder sich verletzen könnte, wenn man derlei Unternehmungen begann.
- Ich dachte, sagte Martin, es wäre gut für uns, ein paar vom Felsen nach Corkadoragha mitzubringen. Wenn wir Tran hätten, wäre die Dunkelheit weniger lastend.
- Ich wäre lieber, sagte ich, lebendig in der Dunkelheit als tot und beleuchtet.
Ich bemerkte, daß der Alte-Knabe die Stirn runzelte, ein Zeichen dafür, daß es mit Macht in seinem Schädel arbeitete. Schließlich sprach er:
- Sieh mal, Sitric, sagte er, wenn du einen ganzen Seehund für dich allein hättest, und wenn er sich gepökelt in deinem Haus befände, dann wäre die Gefahr des Verhungerns drei Monate lang für dich gebannt und du müßtest nicht nach erbettelten Kartoffeln Ausschau halten. Ich würde sagen, wir stechen *alle* in See, erlegen die Seehunde in ihren Löchern und bringen sie mit uns nach Hause.

– Sinnvoll sind deine Worte, süßer Bursche, sagte Sitric, aber ich könnte selbst mit dem kleinsten Seehund, der je auf einem Felsen saß, nicht kämpfen, denn gegenwärtig gelingt es mir nicht einmal, auf meinen Füßen zu stehen.
– Mach dir nichts draus, mein Sohn, sagte Martin, ich werde dir heute abend einen Jungen mit zwei weiteren Kartoffeln schicken, und morgen begeben wir uns dann alle auf die Wogen, wenn du wieder Kraft und Stärke in dir hast.
Und dabei blieb es. Obwohl der Alte-Knabe gesagt hatte, wir würden uns *alle* auf die Wogen begeben, verließ ich sehr früh am nächsten Morgen mein Bett und machte mich, nachdem ich die Hälfte einer Kartoffel gegessen hatte, nach dem Hügel auf. Ich war noch nie zur See gefahren und hatte keinen Appetit auf derlei Unternehmungen, und es schien mir, daß ich, solange ich wußte, was mir bekömmlich war, niemals Seehunde unter Wasser abschlachten würde, denn dort ist schließlich ihre natürliche Heimat. Ich sagte mir, an diesem Tag sei die beste Gesundheit nur auf den Hügeln zu erlangen. Ich hatte ein paar kalte Kartoffeln zu meiner Versorgung bei mir und verbrachte den ganzen Tag damit, still auf meinem Hinterteil unter dem Regen zu sitzen und so zu tun, als wäre ich jagen gegangen. Als es hell wurde, bemerkte ich den Alten-Grauen-Knaben, Martin O'Bannassa und Sitric O'Sanassa; sie trafen sich, hatten Spieße, Taue, Messer und andere nützliche Gegenstände geschultert und verschwanden dann seewärts.
Den ganzen Tag über fielen Regenschauer auf mich hernieder, und ich war natürlich durchnäßt und er-

schöpft, als ich bei Einbruch der Nacht das Haus erreichte. Ich machte mich eifrig über die Kartoffeln her, und als ich sie verschluckt hatte, erkundigte ich mich nach jenen, die uns verlassen hatten. Meine Mutter lauschte dem Sturm, der unser Haus anfiel, und als sie sich hinsetzte, bemerkte ich, daß sie sich Sorgen machte.
– Ich glaube nicht, sagte sie, daß diese Gruppe heil und gesund heute nacht heimkehren wird, denn sie sind noch nie zuvor zur See gefahren. Weh dem, wer es auch sein mag, dem sie diese Reise zu verdanken haben!
– Das Rudern und Schwimmen, das man auf dem Hügel unternehmen kann, sagte ich, ist viel hübscher!
Ich trieb die Schweine herein, und wir gingen alle in unsere Binsenbetten. Inzwischen prasselte der Regen schroff auf das Haus; mächtige Stimmen des Donners brüllten in den Himmelshöhen; zackige Blitze, im Osten wie im Westen so noch nie gesehen, spalteten die Finsternis; Ströme echten Salzwassers entluden sich über dem Fensterglas, obwohl zehn Meilen Landstraße zwischen dem Haus und der Meeresküste lagen. In einer solchen Nacht würden die Sorgen jener, die sich jetzt draußen befanden, natürlich nicht den Seehunden gelten, sondern vielmehr dem Unterfangen, auf einen einzigen Sitz die Fertigkeiten des Seemanns zu erlernen, und zwar mit dem Ziel, das Festland sicher zu erreichen. Gleichfalls fiel mir ein, daß ich der Haushaltungsvorstand werden würde, falls es das Schicksal wollte, daß der Alte-Knabe nicht von seiner Seereise zurückkehrte.
Schließlich sind die Dinge nicht, was sie scheinen, schon gar nicht in Corkadoragha. Als sich das Tageslicht ausgebreitet hatte und das Wetter wieder still geworden

war, kamen der Alte-Knabe und Martin O'Bannassa zur Tür herein, beide äußerst erschöpft und bis ins Mark durchnäßt; trotzdem riefen sie laut nach Kartoffeln. Man entbot ihnen überschwengliche Willkommensgrüße, und der Tisch wurde zum Essen bereitet.
– Wo ist der dritte Mann, der mit euch auf Reisen war? sagte ich. Befindet sich Mister O'Sanassa hier in Gesellschaft der Erwählten?
– Er lebt und erfreut sich bester Gesundheit, sagte Martin, aber er ist immer noch unter dem Meeresspiegel.
– *Wisha*, sagte ich, das ist gut, aber ich schwöre Euch, mit Mund und Hand, Sir, daß ich Eure Worte nicht verstehe.
Als ihre Bäuche von der Menge der genossenen Kartoffeln anschwollen, erklärten mir die beiden Seeleute die Unternehmungen jener Nacht, und das waren in der Tat erstaunliche Unternehmungen, ohne ein einziges Wort der Lüge. Anscheinend hatten sich die Drei in Dunquin ein Kanu ausgeborgt und hatten sich zum Felsen aufgemacht. Als sie die Heimstatt der Seehunde erreicht hatten, bemerkten sie ein großes Loch in der Flanke eines Felsens und prüften es mit einem Ruder. Das Loch führte bis unter den Meeresspiegel, und eine gewaltige Brandung umtoste es. Keiner der Drei im Kanu verspürte große Lust, in diese geheimnisvolle Region einzutauchen, und so verharrten sie eine gute Weile so, wie sie waren, wobei ihre verbalen Anstrengungen ihre körperlichen weit übertrafen. Schließlich hatten die beiden Älteren einen solchen Sturm an Ratschlag und Rede in die Ohren von O'Sanassa geblasen, daß dieser sich bereit erklärte, einen Tampen um seine Hüfte zu schlin-

gen und mit einem Satz in die Tiefen des Lochs zu springen. Er ging, und sie gaben ihm reichlich Tau. Inzwischen war die See kabbelig geworden, und der Himmel sah nicht gut aus. O'Sanassa hatte versprochen, er werde zur Oberfläche zurückkehren, sobald er Gelegenheit gefunden hätte, den beiden, die im Trockenen saßen, Auskunft über die niederen Regionen zu geben. Nichtsdestoweniger jedoch gab er kein Lebenszeichen von sich, und während so die Zeit verging, zeigte die Melodie des Windes keinerlei Besserung an. Sie beschlossen, das Seil einzuholen und den Burschen mit Gewalt sicher aus dem Wasser zu ziehen. Mit Macht zerrten sie am Seil, hatten jedoch keinen Erfolg; es blieb fest an der Öffnung des Lochs verankert. Nachdem sie aufgehört hatten zu ziehen und sich untereinander berieten, was glaubst du, was sie spürten, wenn nicht ein Rucken am Seil? Der da unten übermittelte ihnen, daß er noch nicht in der Ewigkeit weilte! Inzwischen hatten sich Wind und Regen verbündet, mal war das Kanu himmelhoch, dann wieder war es auf dem Grunde des großen Meeres und Ozeans. Der Alte-Knabe entschloß sich, ostwärts zum Festland zu steuern und den da unten dort zu lassen, wo er war, wohl bedenkend, wie ausführlich jener über die niederen Regionen gesprochen hatte! Martin jedoch war gegen diesen Plan. Ihm schien, als werde er nie wieder festen Grund oder Land zu sehen bekommen, wenn er die Mengen von Seewasser und Wind bedachte, die um ihn, über ihm und unter ihm waren. Er kam zu dem Schluß, daß es schlau sei, sich nach unten zu begeben, dorthin, wo O'Sanassa immer noch am Leben war. Er setzte eine kühne Miene auf, sagte dem Alten-Knaben Adieu und sprang ins

Meer. Lange war der Alte-Knabe allein, wahrscheinlich auf Neuigkeiten von dem Paar dort unten wartend, und es beschlichen ihn sowohl Einsamkeit als auch Furcht. Der Sturm wurde noch ungestümer, und weder der Himmel, noch das Meer noch der schmirgelnde Wind waren voneinander zu unterscheiden. Wir wissen nicht, ob sich der Alte-Knabe kopfüber in das Seehundsloch stürzte, oder ob er aus dem Boot geschleudert wurde; auf jeden Fall begab er sich in die unteren Regionen des Meeres. Sein Kopf wurde verletzt, und unglücklicherweise wurden auch seine Knochen, als er in die See eintauchte, von schroffen Felsen aufgeschürft; im Loch herrschte eine starke Strömung, und er wurde unverzüglich verschluckt. Als er wieder Herr seiner Sinne war, fand er sich auf einem Felsvorsprung ausgestreckt wieder, der sich deutlich und, vom Wasser nicht benetzt, erhob; das Tageslicht schien aus einer weit entfernten Felsspalte auf ihn herab. Die Höhle war nämlich gekrümmt; zuerst führte sie unter Wasser und wand sich dann aufwärts durch das Felsgestein. Augenscheinlich gab es dort eine geräumige Bucht, feinen Sand und einen Trog voll Wasser, so daß dort alles heiter und freundlich war nach dem Sturm, der draußen tobte. Als sich die Augen des Alten-Knaben an das trübe Licht gewöhnt hatten, bemerkte er O'Sanassa und O'Bannassa, die neben einem toten Seehund saßen und dessen fades Fleisch kauten. Er ging zu ihnen und begrüßte sie.
– Wo habt Ihr den schwarzen Burschen erwischt? sagte er zu Martin.
– Unten auf dem Grunde des Lochs gibt es ein ganzes Hausvoll davon, große wie kleine, sagte Martin. Nehmt an unserem Tisch Platz, Mister!

Auf diese Weise bereiteten sie sich zur Nacht. Sie stellten eine Tranfunzel auf, die sie mit dem Öl unterhielten, das sie aus der Leber des Seehunds gepreßt hatten, und verbrachten die Zeit damit, über das harte Leben und die geringe Nahrung zu konversieren, die immer der Gaelen Los sein würden. Als schließlich der Morgen gekommen war, verkündete der Alte-Knabe, es sei unnatürlich für ihn, über einen so langen Zeitraum hinweg ohne Kartoffel zu sein, und er habe deshalb beschlossen, sich ins Wasser zu stürzen und nach Hause aufzubrechen. Martin lobte seine Rede, aber – wer hätte das gedacht? – Sitric streckte ihnen seine Hand entgegen, wobei er ihnen ein Lebewohl entbot und eine gesegnete Reise wünschte.

– Bei meiner Seele! sagte der Alte-Knabe verblüfft zu Martin, und soll dir der Teufel helfen!

Dann erläuterte Mr O'Sanassa seine Sicht der Lage. Dort, wo er sich jetzt befand, genoß er die Abwesenheit des unerfreulichen Wetters, der Hungersnot und der Schmähungen, mit denen ihn die Welt bedachte. Seehunde würden ihm als Gesellschafter und als Nahrung dienen. Himmelswasser troff vom Dach der Höhle und würde ihm sowohl als Würze wie als Wein gegen den Durst dienen. Es schien nicht, als wolle er einen so wohlgebauten, komfortablen Wohnsitz aufgeben – nach allem, was er im Elend von Corkadoragha hatte erleben müssen. Dies sei endgültig, erklärte er.

– Jeder, wie er mag! sagte Martin, ich dagegen wünsche nicht, noch länger unter dem Meeresspiegel zu leben.

Dort verließen sie ihn also, und dort ist er seither geblieben. Zu Zeiten wurde er später bei Hochwasser gesehen, wild und zottig wie ein Seehund, und energisch mit der Gesellschaft, bei der er hauste, Fisch beschaffend. Oft hörte ich die Nachbarn sagen, Mr O'Sanassa sei ein kundiger Fischer, denn er sei selbst, mit der Zeit, zu einem schmackhaften Fisch geworden und enthielte genug Tran für einen ganzen Winter. Ich glaube jedoch nicht, daß irgend jemand den Mut hatte, ihn zu jagen. Bis zum heutigen Tage ist er lebendig begraben und zufrieden, gegen Hunger und Regen gefeit, dort drüben auf dem Felsen.

8. Kapitel

*Die schweren Zeiten ♣ die Zeit der Sintflut in
Corkadoragha ♣ Maeldoon O'Poenassa ♣ der
Hungerfeim ♣ ich bin weit von zu Hause entfernt
Elend und Ungemach ♣ ich ringe mit dem Tode
das Ende der Reise ♣ Ströme von Whiskey
wieder daheim*

Auf die eine oder andere Weise ging das Leben an uns vorüber, und wir litten an unserem Elend; manchmal hatten wir eine Kartoffel im Mund und manchmal nichts als süße gaelische Worte. Soweit es das Wetter als solches betraf, verschlechterte sich die Lage. Es schien uns, als würden die Regenfälle von Jahr zu Jahr unverschämter, und gelegentlich ertrank ein Habenichts mitten auf dem Festland an dem Volumen von Wasser und himmlischem Erbrechen, das auf uns herabgoß; ein Nichtschwimmer war zu jener Zeit in seinem Bett alles andere als außer Gefahr. Breite Flüsse eilten vor der Haustür dahin, und, wenn es stimmt, daß alle Kartoffeln aus unseren Äckern davongespült wurden, so ist es ebenfalls Tatsache, daß oft Fische am Wegesrand als nächtliches Tauschgeschäft erhältlich waren. Wer sicher auf trockenem Erdboden sein Bett erreicht hatte, fand sich gegen Morgen überschwemmt wieder. Nachts sahen die Menschen oft Kanus von den Blasket-Inseln vorbeifahren, und die Fischersleute schätzten die Ausbeute einer Nacht gering ein, wenn sich nicht ein Schwein oder Ferkel aus Corkadoragha in ihren Netzen fand. Es hieß, O'Sanassa sei eines Nachts vom Felsen herübergeschwommen, um noch einmal einen Blick auf

seine alte Heimat zu werfen; aber wer weiß denn schon, ob dieser Besucher nicht ein gewöhnlicher Seehund war. Es braucht kaum erwähnt zu werden, daß die Einheimischen grämlich wurden in jener Zeit; Hunger fiel sie an und Mißgeschick, und seit drei Monaten waren sie nicht mehr trocken geworden. Viele machten sich frohgemut in die Ewigkeit auf, und jene, die in Corkadoragha verblieben, lebten dort von Wenigem und von großer Dürftigkeit. Eines Tages trug ich dem Alten-Knaben die Angelegenheit vor und begann ein Gespräch mit ihm.
– Glaubt Ihr, oh liebenswürdige Person, sagte ich, daß wir jemals wieder trocken werden?
– Ich weiß es wirklich nicht, mein Milder, sagte er, aber wenn dieser Regen so weitermacht, beschleicht mich die Idee, daß die Finger und Zehen der gaelischen Habenichtse zusammenwachsen und von nun an Schwimmhäute haben werden wie die Enten, damit sie die Möglichkeit erhalten, sich durch das Wasser zu bewegen. Dies ist kein Leben für ein Menschenkind, mein Sohn!
– Seid Ihr denn sicher, daß die Gaelen Menschen sind? sagte ich.
– Auf jeden Fall sagt man es ihnen nach, kleiner Edler, sagte er, doch ist das bisher nie bestätigt worden. Wir sind weder Pferde noch Hennen; Seehunde noch Gespenster; und doch – trotz alledem – kann ich nicht glauben, daß wir Menschen sind –; aber das alles ist nur eine Meinung.
– Glaubt Ihr, oh, erhabener Alter, sagte ich, daß es je gute Bedingungen für die Gaelen geben wird, oder werden wir nie etwas anderes haben als Ungemach, Hungersnot, Regen und das Meerkater-Unwesen?

– All das haben wir, sagte er, und dazu noch den Regen tagsüber.
– Wenn das so ist, antwortete ich, dann bin ich der Meinung, daß es um O'Sanassa drüben auf dem Felsen gut bestellt ist. Es wird ihm nicht schlecht ergehen, solange es Fische im Meer zu seiner Nahrung gibt und solange er am Tag des Sturms ein Schlafloch im Felsen hat.
– Du kannst versichert sein, daß die Seehunde auch ihre Sorgen haben, sagte der Alte-Knabe. Besorgte, unglückliche Burschen, das sind sie.
– Ist es der Fall, sagte ich, daß die großen Wolkenbrüche früher ebenso heftig waren wie heutzutage?
Der Alte-Graue-Knabe stieß ein braunzahniges Gelächter aus, ein Zeichen, daß meine Frage nur wenig Sinn besaß.
– Du kannst genausogut erfahren, mein stiller, junger Freund, sagte er, daß dieser Regen für jeden, der die lang vergangenen Zeiten kennt, nur ein sommerlicher Schauer ist. Zur Zeit meines Großvaters gab es Menschen, die von ihrer Geburt bis zu ihrem Tode nie trockenen Boden zu ihren Füßen oder einen gesunden Schlafplatz erlebt haben und nie etwas anderes kosteten als Fisch und Himmelswasser. Fisch gab es damals auf den Feldern. Wer nicht gut schwimmen konnte, marschierte in den Himmel.
– War das wirklich so?
– Doch hörte ich in jener Zeit, wie mein Vater das gute Wetter pries und sagte, wie schön es doch sei, und es sei völlig in Ordnung, verglichen mit den Kreuzigungen des Himmels, als er noch ein junger Bursch gewesen war. Damals hatten die Menschen gedacht, die Zeit für

eine zweite Sintflut sei nicht mehr fern.
- Überlebte denn jemand die großen Wasser jener Zeit? sagte ich.
- Nur hin und wieder eine zufällige Person. Aber lange davor war das Wetter so widerwärtig, daß es heißt, jedermann in diesem Landstrich sei ertrunken, außer einem Mann namens Maeldoon O'Poenassa.[1] Der Mann war intelligent und scharfsinnig genug, das erste Boot in diesem Teil des Landes zusammenzusetzen und es mit Takelage auszustatten, eine Arbeit, die ihm noch nutzen sollte. Er machte sich auf, lebendig und sicher, und zwar bei Hochwasser, und nahm alles Mögliche mit, was die Menschen, die diesem Leben Adieu gesagt hatten, zurückließen – feine Kartoffeln, von der Flut bei lebendigem Leibe aus dem Erdreich gespült, kleinere Haushaltsartikel, einen gelegentlichen Tropfen geistigen Getränks und wertvolle Goldstücke, die man vor Zeiten auf die hohe Kante gelegt hatte. Als er dann aus Corkadoragha entkam, war er reich und zweifellos zutiefst mit sich zufrieden, das kann ich dir versprechen.
- Und wohin reiste er in seinem Boot, liebster Kumpan? sagte ich, an seiner Rede höchlich interessiert. Mein Freund deutete mit seinem runzligen Finger auf die White Bens, die in nordöstlicher Richtung vor uns lagen.
- Den mittleren der Berge nennt man den Hungerfeim, sagte er, denn es gelang O'Poenassa, die Spitze dieses Gipfels zu erreichen. Damals war er für den Schiffer wie eine Insel im Meer, und es heißt, er sei der einzige Mensch gewesen, der den Gipfel des Berges erreicht habe; der Berg sei zu steil, und der Weg zu beschwerlich für jemanden, der sich ganz auf seine Füße verläßt.

– Ist er je wieder heruntergekommen?
– Ganz gewißlich nie! Der Weg, der beim Erklimmen zu steil ist, ist beim Herabklettern derselbe Weg, und ein jeder, der den Pfad vom Gipfel zu Fuß heruntergeht, würde sich der Selbstzerstörung und wahrscheinlichen Ewigkeit aussetzen, anstatt das flache Land zu erreichen. Er landete mit dem Boot auf dem Gipfel, und seitdem befinden sich er und das Boot dort oben; – wenn es immer noch Zeichen ihres Aufenthalts geben sollte.
– Es scheint also, gesegneter Mann, sagte ich, und dabei troff ich vor großen, nützlichen Gedanken, daß sich dort auf dem Gipfel des Hungerfeims bis zum heutigen Tage wertvolle Artikel befinden, die nicht zu verachten sind – goldene Pennies und alles andere, was er am Tag der großen Bö mitgehen hieß?
– Sie sind da, sagte er, wenn das, was wir in Corkadoragha an Kleinodien der Erzählkunst und nachbarschaftlicher Folklore von unseren Altvordern und Alten haben, wahr und glaubwürdig ist.
– Süß ist's zu hören, was Ihr sagt, alter Mann und Erfinder der Großzügigkeit, sagte ich, und meine Dankbarkeit ist Euch dankbar.
Als ich in jener Nacht die Binsen aufgesucht hatte, bekam ich weder ein Auge voll Schlaf, noch eine Unze davon, so zahlreich waren die Gedanken, die mich anfielen und köderten, was den Hungerfeim betraf. Vor meinem scharfen geistigen Auge sah ich deutlich den Gipfel des Berges, die Spanten des Bootes und die Knochen des Mannes, sowie, nah dabei an jenem einsamen Ort, das gesamte erplünderte Vermögen, das O'Poenassa zur Zeit der Sintflut mitgenommen hatte.

Ich fand, daß dies eine große Schande war –: hier litten die Habenichtse an der Hungersnot, dort lagen Mittel zu ihrer Rettung und keine Möglichkeit, ihrer habhaft zu werden. Ich möchte sagen, daß ich zu diesem Zeitpunkt den Entschluß faßte, an einem Tag meines Lebens den Gipfel der Berge zu erklimmen, tot oder lebendig, groß oder klein, mit wohlgefülltem Magen oder in der Tiefe des Hungers. Ich war der Meinung, man täte besser daran, auf dem Hungerfeim den Tod zu suchen, als für immer die schweren Zeiten in Corkadoragha zu ertragen. Für einen Mann war es besser, auf dem Berg durch Himmelswasser zu sterben, als zu Hause verhungert mitten in der Ebene zu leben. In der Nacht bedachte ich die Angelegenheit, und zu jener halbhellen Zeit, wenn der Tag in die Schwärze der Nacht einbricht, hatte ich in meinem Sinn alles beschlossen. Eines Tages würde ich zum Hungerfeim gehen. Ich würde das Geld suchen gehen, und wenn ich nach all den Schwierigkeiten heil heimkehrte, würde ich fortan überaus reich, mit einem vollen Magen gesegnet, häufig bezecht sein.

Aus Furcht, daß sich auf dem Gipfel nichts fände als Nahrung für mich allein, entschied ich, den Entschluß fest und sicher in meinem Geist zu verwahren und weder die Nachbarn daran teilhaben zu lassen, noch den Alten-Knaben darüber ins Bild zu setzen. Dann begann ich, den Verlauf des schlechten Wetters zu verfolgen; ich notierte mir die Gewohnheiten des Sturms und die Sitten der Winde, um herauszufinden, ob sich eine bestimmte Tages- oder Jahreszeit besser als alle anderen für eine Reise zum Hungerfeim eignete. So blieb es ein Jahr lang, und gegen Ende dieser Zeit bemerkte ich, daß all meine Mühen umsonst gewesen waren. In Corkadoragha waren die Heftigkeit des Windes und die Kraft des Regens immer gleichbleibend, nachts wie tags, unfehlbar, sommers wie winters. Es war ein törichtes Unterfangen, auf einen schönen Tag zu warten, und endlich sagte ich mir, daß es nun an der Zeit sei, mich auf den Weg zu machen.

Der Hang des Berges war so steil und meine Gesundheit in einem so bedenklichen Zustand, daß mein kleiner, armseliger Rücken nur eine leichte und beschränkte Last tragen konnte. Heimlich stellte ich die wenigen Dinge zusammen, die nötig waren – eine Flasche mit Wasser, ein Messer, einen Sack für das Gold und eine gewisse Anzahl Kartoffeln.

Ich erinnere mich noch gut an den Tag meiner Abreise. Das Wasser quoll derart verschwenderisch aus dem Himmel, daß es mich erschreckte und den Scheitel meines Kopfes verletzte. Zunächst hatte ich nicht beschlossen, die Reise zum Berg an jenem Tage anzutreten, aber ich sagte mir, daß das Landvolk kurz vor dem Ertrinken stehe und daß es ferner so scheine, als wäre ich in Sicherheit, sobald es mir gelungen sei, die Flanke des Hügels auch nur ein paar schrittweit zu erklimmen. Wäre an jenem Morgen der heftige Niederschlag nicht gewesen, dann stände zu befürchten, daß ich nie den Mut aufgebracht hätte, das kleine Haus zu verlassen, in dem ich geboren worden war, und dem Berg des Schicksals die Stirn zu bieten, meinem unheilvollen, unbekannten Ziel.

Es war dunkel. Während ich meinen Körper aus den klammen Binsen hievte, griff ich nach meinem Reisebündel, das ich in einem Mauerloch versteckt hatte, und machte mich still davon. Der Regen und das wilde Aussehen des infernalischen Zwielichts erfüllten mein Herz mit Angst und Schrecken. Ich entdeckte die Stelle, an der sich nach meinem Dafürhalten die Hauptstraße befinden mußte, und ich stolperte fürbaß, wobei ich mal ging, dann wieder nur zur Hälfte ging, bald fiel, bald halb stürzte, dem Berg entgegen. Eine Wasserströmung, die mir bis ans Knie reichte, behinderte mich mit Macht, und sicherlich war die Art und Weise meiner Fortbewegung zu jenem Zeitpunkt nicht sehr anmutig, bestand sie doch aus stetigem Straucheln und halbem Lahmen, einmal in den wäßrigen Schlamm dahingestreckt, gelegentlich vom Groll des Windes hochgerissen und in den regnerischen Sturm gewickelt, unfähig zur Kontrolle über die eigene Person. Ganz ohne jeden Zweifel war ich an jenem Morgen des gaelischen Elends uneingeschränkt teilhaftig.

Nach all den Schwierigkeiten machte ich deutliche, wenn auch kleine Fortschritte, denn ich fühlte, wie sich der Boden unter mir mählich hob und mir weitere Mühsal verursachte. Salzige Schauer des Schweißes sprudelten über meine Augen, um meinen Leiden ein weiteres hinzuzufügen, und mir war, als seien meine Füße mehr in Blut gebadet als in Wasser. Doch nun, da ich mich einmal auf meinem Weg befand, wollte ich mich nur dem Tod noch beugen und keiner anderen Macht.

Als ich den Hügelkamm ein gutes Stück erklommen hatte, bemerkte ich die Wassermassen mehrerer Flüsse, die – zusammen mit Bäumen, großen Steinen und kleinen Tagwerken Ackerlandes – auf mich herniederstürzten; ich staune bis zum heutigen Tage darüber, daß mir eine tödliche Fraktur des Schädels nicht beschieden war, so teuflisch war dieser Überfall. Von Zeit zu Zeit überkam mich Heimweh, trotzdem aber verließ mich der Mut nicht gänzlich. Mit aller Macht stemmte ich mich vorwärts, obwohl ich oft von einem Klumpen des Berges zurückgedrängt wurde, der den Scheitel meines Kopfes traf. Ich kann Ihnen versichern, daß ich diese Zeit zwischen Tag und Nacht mit schwerer Fußarbeit verbrachte, und daß meine Mühen schweißtreibend waren. Als die kümmerliche Halb-Illumination erschien, die bei uns in Corkadoragha als Tag hingenommen wird, welch erstaunlicher Anblick tat sich mir dar! Ich fand mich fast schon auf dem Gipfel des Berges wieder, und meine Farbe wechselte zwischen rot und blau, des Blutvergießens und der nächtlichen Püffe wegen, während mein Körper des letzten Fadens von Kleidung beraubt war. Fast berührte der Scheitel meines Kopfs die schwarzbäuchigen, grimmigen Wolken, und der Regen floß in sintflutartigen Strömen aus ihnen herab; eine Sintflut war das, so lastend, daß es mir rasch die Haare vom Kopf rupfte. Trotz jeder Anstrengung, die ich unternahm, trotz allem von mir aufgebrachten Wagemut trank ich von eben diesem Regen, so daß mein Bauch gefährlich anschwoll, ein Umstand, der mir die Kontrolle über meine Gangart nicht eben erleichterte. Unter mir bemerkte ich nichts als Dunst und morgendliche Dämpfe. Über mir sah ich gelegentlich den Berg, während es um mich nur Felsen, Schmutz und den beständigen nassen Sturm gab. Ich ging weiter. Es war ein erstaunlicher Ort, und überaus erstaunlich war auch das Wetter. Ich glaube nicht, daß es dergleichen jemals wieder geben wird.

Ohne Zweifel hatte ich eine lange Zeitspanne auf dem Gipfel verbracht, bevor mir die genaue Lage der Dinge klar wurde. Auf dem Gipfel befand sich eine kleine flache Ebene, Pfützen voll Wasser waren dahinter und auf der anderen Seite; gelbe, schäumende Flüsse eilten von der einen Pfütze zur anderen und erfüllten meine Ohren mit einem unirdischen, geheimnisvollen Gesumm. Mancherorts standen Dörfer aus gebeugten weißen Felsen, oder es war da ein Netzwerk bodenloser schwarzmäuliger Löcher, in die sich ohne Unterlaß reißende Wasser stürzten. Die Gegend hatte sicherlich kein normales Äußeres, und, so schlimm Corkadoragha sein mochte, in jener Stunde hätte ich es bereitwillig gepriesen.

Ich fuhr fort, den Ort abzuschreiten und peinlich genau zu erkunden, indem ich, bestrebt, herauszufinden, ob es noch irgendeine Spur von dem Boot gab, oder ob sich noch irgendein Hinweis auf Maeldoon O'Poenassa fand, teils ging, teils fiel, teils schwamm. Hunger juckte in meinen Eingeweiden, und eine unbeschreibliche Müdigkeit füllte meine Glieder mit ungesunder Benommenheit. Seit ich jedoch wußte, daß mir die Ewigkeit noch nicht bestimmt war und daß ich eine geringe Möglichkeit hatte, mein Los zu bessern, schlidderte ich weiter ziellos vor und zurück, wobei mein Auge eifrig nach einer menschlichen Behausung forschte, während meine Kehle sich mühte, das Schlucken einer übermäßigen Menge Regens zu vermeiden. So ging es noch eine gute Weile weiter.

Ich weiß nicht, ob ich es einem großen Teil des Tages gestattete, im Schlaf oder in halber Bewußtlosigkeit zu verstreichen, aber wenn es so war, dann erstaunt mich heute der Umstand, daß ich je wieder erwachte. Sei dem nun, wie ihm wolle; es war mir augenscheinlich, daß sich das Zwielicht der Nacht auf den Tag desselben Morgens senkte, und daß sich Kälte und Kraft des Sturms verstärkten. Inzwischen hatte ich all mein Blut verloren und war bereit, mich dem Schicksal zu beugen; willfährig lag ich im Schlamm, mein Gesicht dem Himmel zugewandt, als ich ein kleines Licht bemerkte, das, von mir weit entfernt, im Nebel und hinter den Regenschleiern halb verloren, schwach schimmerte. Ein kleiner Anfang von Freude regte sich in meinem Herzen. Kraft kehrte in meinem Körper zurück, und krüppelfüßig zwar, doch sehr energisch strebte ich dem Licht zu, falls es denn wirklich eins war. Dies, dachte ich, war alles, was zwischen mir und dem Schlund fortdauernder Ewigkeit lag.

Es war tatsächlich ein Licht, und es schien aus einer Höhle zwischen zwei Felsen. Der Eingang zur Höhle war eng und schlank, aber natürlich war ich vom Elend, vom Ungemach und vom Blutverlust des vergangenen Tages so dünn wie ein Ruder. Unverzüglich war ich drinnen und vor dem Sturm beschützt, vor mir war das Licht, und ich ging näher heran. Ich hatte noch keine Erfahrungen gesammelt, was Kriechen in steinernen Höhlen betraf, aber trotzdem waren meine Bewegungen hurtig und gewandt, als ich mich weiter dem Ort der Flamme drinnen näherte.

Als ich die Stelle erreicht hatte, glaubte ich, nicht übermäßig von der Lage des Orts, der am Ort anwesenden Gesellschaft, noch von dem Unternehmen, auf das ich mich eingelassen hatte, angetan zu sein. Im Innern befand sich eine Zelle oder ein kleines Zimmer, das vier bis fünf Männern Platz bieten konnte; kahl und felsig war es, und Wasser tropfte von den Wänden. Mächtige Feuerflammen erhoben sich vom steinigen Fußboden, und im Hintergrund sprudelte lebhaft ein Born frischen Wassers, wodurch sich ein Bach bildete, der mir in der Höhle entgegenfloß. Was meinen Augen jedoch beinahe die Sehkraft raubte, war eine ältere Person, die, von mir abgewandt, halb bei den Flammen saß und halb bei ihnen lag, eine Abart von Stuhl unter sich, und es hatte ganz den Aschein, als wäre sie tot. Sie war in ein paar unbestimmbare Lumpen gewickelt; die Haut von Hand und Gesicht war wie zerknittertes braunes Leder, und alles an ihr kündete von totaler Unnatur. Ihre beiden Augen waren geschlossen, ihr schwarzzahniger Mund stand offen, und ihr Kopf neigte sich kraftlos seitlich herab. Es packte mich ein Zittern, das sowohl von der Kälte als auch der Angst herrührte. Endlich war ich auf Maeldoon O'Poenassa gestoßen!

Plötzlich entsann ich mich des Entschlusses, der mich an diesen Ort geführt hatte, und, möge Gott alle jene erretten, so dies hören! kaum erinnerte ich mich an die goldenen Pennies, als ich sie auch schon in Händen hielt! Sie waren nahebei zerstreut, bald hier, bald dort deckten sie den Fußboden, zu Tausenden, und zudem noch goldene Ringe, Kleinodien, Perlen und schwere gelbe Ketten. Der lederne Ranzen, aus dem sie sich ergossen hatten, war ebenfalls da, und ich konnte mich wirklich glücklich preisen, daß dies der Fall war, denn ich war ja splitterfasernackt, ohne Beutel und Hosentaschen. Mechanisch sammelten meine Hände die Pennies ein, und bald enthielt der Ranzen soviel Gold, wie ich zu tragen imstande war. Während ich mit dieser Tätig-

keit befaßt war, fühlte ich, wie sich mein Herz erholte und eine kleine musikalische Melodie spielte.
Ich hegte nicht den allergeringsten Wunsch, den toten Mann zu betrachten, und als das Gold eingesammelt war, machte ich mich daran, durch die Höhle zurückzukriechen. Ich hatte die Öffnung erreicht, und die erschreckenden Stimmen von Wind und Regen berannten meine Ohren, als mich ein unseliger Gedanke traf wie ein Keulenschlag.
Wenn Maeldoon O'Poenassa tot war: wer hatte das Feuer entfacht, und wer unterhielt es?
Ich weiß nicht, ob mich in jenem Augenblick ein Anfall von Raserei umklammert hielt, oder ob ich vorübergehend vor Angst starb, aber auf jeden Fall kehrte ich zu jenem Burschen zurück, der sich dort drinnen aufhielt. Ich fand ihn genauso vor, wie ich ihn verlassen hatte. Furchtsam bewegte ich mich auf ihn zu, indem ich auf Füßen, Bauch und Händen vorwärtskroch. Plötzlich glitt eine meiner Hände aus, und mein Kopf fiel nach unten, so daß mein Gesicht gefährlich auf dem Boden aufprallte. Es scheint, als hätte ich dabei von dem gelben Wasser, das vom Brunnen beim Feuer herüberfloß, gekostet, und als ich davon kostete, war ich schrecklich verdutzt. Ich schöpfte einen Tropfen mit der Handfläche und verschluckte ihn voll Anerkennung. Was, würden Sie sagen, war es? *Whiskey!* Er war gelb und scharf, aber er hatte tatsächlich den gehörigen Geschmack. Vor meinen eigenen Augen entsprang ein Whiskeybach dem Felsen und floß davon, ungekauft und ungetrunken. Erstaunen wogte in meinem Kopf und schlug so hohe Wellen, daß es schmerzte. Auf den Knien begab ich mich zum Brunnen, zu jenem Ort, an dem das gelbe

Wasser floß, und konsumierte genügend, um jeden einzelnen meiner Knochen in Schwingungen zu versetzen. Einmal in der Nähe des Feuers, nahm ich es scharf in Augenschein, und es war offensichtlich, daß sich hier ein weiterer kleiner Brunnen desselben geistigen Getränks befand, doch stand dieser in Flammen, und die Flammen hoben und senkten sich entsprechend, je nachdem, wie stark das Stöffchen floß.

So standen jedenfalls die Dinge. Wenn Maeldoon O'Poenassa tot war, dann war es offenkundig, daß er jahre- und jahrelang auf der Ernährungsgrundlage von Whiskey aus dem ersten Brunnen gelebt und sich mit Hilfe des zweiten Brunnens gegen die Kälte geschützt hatte, so ein stilles Leben führend, aller Not enthoben, wie Sitric O'Sanassa es seit langer Zeit bei den Seehunden war.

Ich sah ihn an. Er machte nicht die geringste Bewegung, nicht einmal die des Atems. Angst hielt mich ab, dorthin zu gehen, wo er war, aber ich machte von meinem Platz aus einige ungehobelte Geräusche und warf einen leichten Stein, der ihn am Nasenbein traf. Er rührte sich nicht.

– Er hat nichts zu sagen, sagte ich, halb bei mir selbst, und halb sprach ich es laut aus.

Wieder stockte mir das Herz. Ich hörte einen Laut aus der Leiche dringen, der klang, als spräche jemand hinter einem schweren Mantel hervor, einen Laut, so heiser und ertränkt und unmenschlich, daß mir für kurze Zeit alle Körperkraft schwand.

– *Und welche Art Erzählung würde dich erfreuen?*[2]

Ich blieb stumm und ohne Gelegenheit, die Frage zu beantworten. Dann sah ich, wie der tote Mensch – wenn er denn tot war und nicht nur in einer durch geistige Getränke herbeigeführten Schwäche befangen – versuchte, sich auf seinem steinigen Sitz einzurichten, seine Hufe in Richtung des Feuers zu schieben und seine Kehle zum Behufe des Geschichtenerzählens zu klären. Wieder ließ er das kümmerliche Stimmchen erklingen, und ich starb fast vor Schreck:

– *Man weiß nicht, weshalb der gelbhaarige, kleine, wenig energische Mann allgemein ›der Kapitän‹ geheißen wurde – er, dessen Anschrift, Behausung und ständiger Wohnsitz ein kleines, kalkweißes Haus in der Ecke des Tales war. Er pflegte das Jahr von Hallowe'en bis zum 1. Mai mit Zechen in Schottland zu verbringen, das Jahr vom 1. Mai bis Hallowe'en dagegen verbrachte er zechend in Irland. Nun begab es sich aber einmal, daß . . .*[3]

Als ich diese geisterhaften Worte hörte, wurde ich von einer Springflut des Ekels oder Schreckens oder Unwohlseins gepackt, doch schließlich faßte ich wieder Mut, und als ich mir erneut der großen Bewegung des Universums bewußt wurde, war ich draußen unter den scharfen Geißeln des Regens, mit dem Ranzen voll Gold auf meinem dünnen, nackten Rücken, und ich rutschte hügelab der Ebene zu, wobei mir Wasser und der steile Hang behiflich waren. Zu Zeiten fühlte ich mich, als sei ich in den grenzenlosen Himmeln, dann wieder fühlte ich mich untergetaucht, wieder zu anderer Zeit gegen die Felsen geschleudert, gebrochen und zerschunden, während scharfe und schwere Gegenstände reichlich auf mich einprasselten und erneut meinen Kopf und Körper spalteten. Zweifellos war der Weg hügelab mit Schrecknissen und Mißgeschicken verbunden, als ich vom Berg zurückkehrte, aber bereits zu Anfang der Reise empfing ich einen Schlag von einer Felsenzinne, der mich jeder Gewalt über meine Sinne beraubte, so daß ich ohne Gefühl und Vernunft flink wie ein Federwisch zu Tal raste, von Wind und Wasser getragen.

Als ich das Bewußtsein wiedererlangte, war es Morgen, und ich war auf dem Rücken in weichen und überaus dreckigen Dreck ausgestreckt, den man nirgends als in Corkadoragha findet. Meine gesamte Haut war zerrissen und zerschlissen wie ein alter Anzug, aber der Ranzen voll Gold befand sich nach wie vor fest in meinem Griff – trotz der Püffe, die meine Hände im Verlauf der Reise hatten einstecken müssen. Das kleine Haus, das für mich Heim und Schlafquartier bedeutete, war immer noch eine halbe Meile entfernt.

Ich war übermüdet und erschöpft, und ich war zufrieden. Eine halbe Stunde verbrachte ich mit dem Bestreben, auf meine zwei Füße zu kommen. Als mir das schließlich gelungen war, vergrub ich das Gold und machte mich hinkend auf den Heimweg. Ich hatte das Geld! Ich war in seinem Besitz und hatte gewonnen! Ich versuchte, eine kleine Melodie anzustimmen, doch es wollte sich mir kein Ton entringen. Meine Kehle war zerstochen, und, um die Wahrheit zu sagen, Zunge und Mund waren in keinem guten Zustand.

Als ich unsere Haustür ohne einen Faden am Leibe erreichte, stand der Alte-Graue-Knabe dort und beschäftigte sich mit seiner Pfeife, wobei er genügend Muße fand, die schweren Zeiten zu bedenken. Ich begrüßte ihn still. Er starrte mich lange scharf und schweigend an.

– Bei meiner Seele! sagte ich, ich verzehre mich nach Kartoffeln, nachdem ich solange in Meerwasser umhergekraucht bin aus Gründen der Gesundheit. Der Alte-Knabe entfernte die Pfeife aus dem Vorsprung seines Mundes.

– Die Welt ist, so, wie sie sich heute darstellt, nicht mehr zu verstehen, sagte er, und schon gar nicht in Corkadoragha. Vor gar nicht langer Zeit lief uns ein kleines Schwein davon, und als es zurückkam, hatte es einen wertvollen Anzug an. Du dagegen hast uns völlig angekleidet verlassen und kommst so splitternackt zurück wie am Tage deiner Geburt!

Zu diesem Zeitpunkt führte ich bereits die Kartoffeln von Mund zu Magen, und er empfing keine Antwort von mir.

9. Kapitel

*Mit meinem Reichtum unzufrieden ♣ in die Stadt,
um Stiefel zu finden ♣ mein nächtlicher Ausflug
der Seekater in Corkadoragha ♣ ein Greifer bei
uns zu Haus ♣ Elend und Mißgeschick ♣ ich treffe
einen Verwandten ♣ Schluß meiner Geschichte*

Einer, der sich das ganze Leben lang vom Elend bedroht weiß und Mangel an Kartoffeln leidet, versteht nicht leicht, was Glück ist, noch weiß er, wie man mit Wohlstand zu verfahren und richtig umzugehen hat. Nach meiner Reise auf den Hungerfeim lebte ich wieder ein Jahr lang nach alter gaelischer Manier – naß und hungrig bei Tag und bei Nacht und ungesund dazu, mit nichts vor Augen als Regen, Hungersnot und Mißgeschick. Der Ranzen voll Gold befand sich nach wie vor sicher unter der Erde, und ich hatte ihn noch nicht an die Oberfläche gebracht. Ich verbrachte Nacht um Nacht im Ende des Hauses auf den Binsen und zermarterte mir das Hirn, indem ich zu entscheiden versuchte, was ich mit dem Geld anstellen oder welchen eleganten und ungewöhnlichen Artikel ich mir dafür kaufen sollte. Es war eine schwere, unlösbare Aufgabe. Zunächst dachte ich daran, Nahrungsmittel zu erwerben, aber da ich nie etwas anderes als Fisch und Kartoffeln gekostet hatte, war es unwahrscheinlich, daß mir die Vielfalt der Gerichte, die die feinen Stände in Dublin genossen, zugesagt hätte, einmal vorausgesetzt, ich hätte die Möglichkeit gehabt, sie zu kaufen oder gar auch nur ihren Namen gewußt! Danach erwog ich geistige Getränke, doch fiel mir ein, daß sich in Corkadoragha nur wenige dem Trunk ergaben, ohne nach dem ersten Gelage bereits auf den Weg des Todes geweht worden zu sein. Ich trug mich mit dem Gedanken, einen Hut als Regenschutz zu kaufen, entschied jedoch, daß kein Hut existierte, der das Wüten des Wetters fünf Minuten lang unversehrt und unverwittert überstehen würde. Das Gleiche galt für Kleidung. Der Alte-Graue-Knabe besaß seit den Tagen des *feis* eine goldene Uhr, doch gelang es mir nie, den Nutzen dieser kleinen Maschine, noch ihren Sinn auf Erden zu begreifen. Ich wünschte mir weder Tasse, noch Möbel für den Haushalt, noch Schweinetrog. Ich war in Armut versunken, halb tot vor Hunger und Ungemach; und trotzdem gelang es mir nicht, an irgendeinen angenehmen, nützlichen Gegenstand zu denken, den ich hätte gebrauchen können. Sicherlich, so schien es mir, waren die Reichen von Sorgen und Verdruß geplagt!

Eines Morgens – der Regen platschte aus den Himmeln – erhob ich mich. Eine zeitlang lungerte ich matt im Haus herum, ohne mich für irgendetwas zu interessieren oder einem Ding mehr Aufmerksamkeit zu schenken als dem anderen. Plötzlich bemerkte ich, daß der Fußboden des Hauses rot war – schwarz-rot hier und an allen anderen Stellen braun-rot. Das erstaunte mich, und so richtete ich das Wort an meine Mutter, welche sich gerade vor der Feuerstelle dem Füttern der Schweine widmete.

– Ist es der Fall, gute Frau, sagte ich, daß das Ende der Welt und die Tilgung des Universums für unbestimmte Zeit bei uns Einzug gehalten haben und daß bereits die roten Schauer auf uns niederregnen, wenn die Nacht am finstersten?

- Nein, und das ist keinesfalls der Fall, häßlicher kleiner Schatz! sagte sie, sondern stattdessen vergießt der Alte-Graue-Knabe schon den ganzen Morgen Blut.
- Ich nehme an, daß es seine Nase ist, aus der sich diese Blutkaskade ergossen hat? sagte ich.
- Nein, und auch dies ist nicht der Fall, kleines Kußmaul, sagte sie, sondern stattdessen handelt es sich um tödlich unheilbare Wunden, die er an seinen beiden Füßen hat. Heute morgen hat er hier mit Martin O'Bannassa einen Wettbewerb veranstaltet, um herauszufinden, wer ein großes Stück Fels heben kann. Der arme Martin unterlag, möge Gott alle schützen, so dies hören! weil er den Stein nicht bewegen konnte. Der Alte-Knabe hatte dagegen, wie immer, Glück. Es gelang ihm, den Stein bis zur Höhe seiner Hüfte zu heben, und dadurch gewann er, was immer auf dem Spiel gestanden haben mag.
- Er ist schon immer stark gewesen! sagte ich.
- Doch dann fiel, aufgrund der Menge des Gewichts, der Stein aus seinen Händen und fiel noch dazu unglücklicherweise auf seine beiden Füße, so daß sie barsten und jeder Knochen und jedes Knöchelchen darinnen zerbrochen wurden, steht zu fürchten. Der häßliche Bursche wanderte im Haus auf und ab, nachdem er diese Tat vollbracht, und schrie lange Zeit, doch welche Fortbewegungsmittel er dabei auch immer benutzt haben mag; seine Füße waren es sicher nicht.
- Mir wäre nie eingefallen, sagte ich, daß der Alte-Knabe soviel Blut besitzt.
- Wenn er es je gehabt hat, sagte sie, so hat er es jetzt nicht mehr!

Und es geschah, daß mich dieser Vorfall dazu anregte,

über das Geld zu meditieren, das ich besaß. Wenn der Alte-Knabe Stiefel getragen hätte, dachte ich, wäre weniger Schaden angerichtet worden, als der Stein auf seinen Hufen landete. Wer wußte denn, ob meine eigenen Füße nicht dermaleinst in gleicher Weise verletzt und beschädigt würden? Was gab es Besseres zu kaufen als ein Paar Stiefel?

Am nächsten Tag machte ich mich dorthin auf, wo ich unterirdisch den Ranzen Gold besaß. Auf der Landstraße traf ich Martin O'Bannassa und ging ihn um kaufmännischen Rat an, obschon ich von derlei Dingen keine Ahnung hatte.

– Eine Frage an Euch, Martin, mein Freund, sagte ich. Wißt Ihr ein Wort für Stiefel?

– Das weiß ich allerdings, sagte er. Ich erinnere mich noch gut an einen Tag, den ich in Derry verbrachte, wobei ich in dieser Stadt das eine oder andere aufschnappen konnte. Da war ein Mann, der einen Laden betrat und Stiefel kaufte. Ich habe deutlich die Worte gehört, die er dem Verkäufer sagte – *Bootsur*. Ohne jeden Zweifel: so heißen Stiefel auf Englisch: *Bootsur*.

– Nehmt meinen Dank, Martin, sagte ich, und einen weiteren Dank auf den ersten Dank.

Ich entfernte mich. Der Ranzen Goldes war dort, wo ich ihn gelassen hatte, heil und unversehrt. Ich entnahm ihm zwanzig goldene Pennies und verstaute den Ranzen wieder sorglich unter der Erde. Als dies geschafft war, lenkte ich meine Schritte rüstig in Richtung welcher beliebigen großen Stadt auch immer, auf die ich in westlicher Richtung stoßen mochte – Galway oder Cahirceveen oder dergleichen. Es gab dort viele Häuser und Läden und Menschen; überall wurden lärmende

Geschäfte abgewickelt. Ich durchsuchte die Stadt, bis ich einen Stiefelladen entdeckte, und betrat ihn dann mit heiterem Sinn. Ein munterer, stattlicher Mann leitete den Laden, und als er meiner gewahr wurde, senkte er die Hand in die Hosentasche und bot mir einen roten Penny an.
– Und nun hau ab, du Insulaner! sagte er, ohne gleichwohl Bitterkeit in der Stimme mitschwingen zu lassen.
Ich nahm den Penny dankbar entgegen, steckte ihn ein und zog eine meiner eigenen Goldmünzen hervor.
– Und nun, sagte ich höflich, *Bootsur!*
– *Boots?*
– *Bootsur!*
Ich weiß nicht, ob der Bursche nun verblüfft war, oder ob er mein Englisch nicht verstand, aber er stand da wie festgenagelt und starrte mich an. Dann wich er nach hinten aus und holte mehrere Paar Stiefel hervor. Er ließ mir die freie Wahl. Ich entschied mich für das eleganteste Paar; er nahm den goldenen Penny entgegen, und wir statteten einander die verschiedenen Arten von Dank ab. Ich verstaute die Stiefel in einem alten Sack, den ich bei mir trug, und machte mich auf den Heimweg.
Oh, ja! ich habe sowohl Angst als auch Scham empfunden, was meine Stiefel betraf. Seit dem Tag des großen *feis* waren in Corkadoragha weder Stiefel noch Stiefelspuren beobachtet worden. Diese eleganten, glänzenden Objekte konnten beim Volk nur Hohn und Spott erregen. Ich mußte fürchten, vor den Nachbarn der Lächerlichkeit preisgegeben zu sein, wenn ich sie nicht zuvor über die Eleganz und feinere Kultur aufgeklärt hatte, die allgemein mit Stiefeln verbunden ist. Ich beschloß,

Ich weiß nicht, ob der Bursche nun verblüfft war, oder ob er mein Englisch nicht verstand, aber er stand da wie festgenagelt und starrte mich an. Dann wich er nach hinten aus und holte mehrere Paar Stiefel hervor. Er ließ mir die freie Wahl. Ich entschied mich für das eleganteste Paar; er nahm den goldenen Penny entgegen, und wir statteten einander die verschiedenen Arten von Dank ab. Ich verstaute die Stiefel in einem alten Sack, den ich bei mir trug, und machte mich auf den Heimweg.

die Stiefel zu verstecken und die Frage mit Muße zu überdenken.

Nach einem Monat begann ich, mit den in Rede stehenden Stiefeln zunehmend zu hadern. Ich besaß sie, und ich besaß sie dennoch nicht. Sie ruhten im Erdboden, und ich konnte aus ihnen, gekauft, wie ich sie gleichwohl hatte, keinen Nutzen ziehen. Nie hatte ich sie an den Füßen gehabt, nie auch nur, und sei es selbst für eine flüchtige Minute, die Erfahrungen gesammelt, die man beim Stiefeltragen sammelt. Wenn ich mir nicht heimlich gewisse Übung in der allgemeinen Kunst der Stiefelbenutzung aneignete, würde ich nie den Mut fassen, sie in der Öffentlichkeit zu tragen.

Eines Nachts (die nächtlichste Nacht, die ich je gesehen hatte, der Menge des Regens und der Schwärze der schwarzen Dunkelheit wegen) erhob ich mich leise von meinen Binsen und wanderte lautlos durch die ländliche Gegend. Ich ging zum Stiefelgrab und grub sie mit den Händen aus. Sie waren schlüpfrig, naß, weich und geschmeidig, so daß meine Füße ohne übergroße Schwierigkeiten hineinpaßten. Ich band die Schnürbänder zu und ging durch die Gegend, wobei der boshafte Wind mich zerriß und die Regenböen abscheulich auf den Scheitel meines Kopfes einprügelten. Ich vermute, daß ich etwa an die zehn Meilen gereist war, als ich die Stiefel wieder beerdigte. Sie gefielen mir – trotz allem Quetschen des Fußes, trotz aller Qual und Fußbeschwerde, sehr. Ich war ziemlich erschöpft, als ich vor Tagesanbruch die Binsen erreichte.

Als ich erwachte, war es Zeit für die Morgenkartoffeln, und kaum war ich auf den Beinen, als ich bemerkte, daß irgendetwas im Leben schiefgegangen war. Der Alte-

Graue-Knabe war nicht zu Hause (und das kam sonst zur Kartoffelzeit nie vor), und die Nachbarn standen in kleinen Gruppen beieinander und unterhielten sich angstvoll und gedämpft. Alles sah unheimlich aus, und sogar der Regen schien ungewöhnlich. Meine Mutter war besorgt und still.
– Ist es der Fall, liebende Jungfer, sagte ich sanft, daß das gaelische Elend jetzt ein Ende gefunden hat und daß die Habenichtse auf die endgültige Explosion der großartigen Erde warten?
– Die Geschichte ist, glaube ich, noch schlimmer, sagte sie.
Es gelang mir nicht, ihr ein weiteres Wort zu entlocken, so sorgenvoll war das Unbehagen, das über sie gekommen war. Ich ging aus dem Hause. Draußen auf dem Feld bemerkte ich Martin O'Bannassa, der angstvoll auf den Boden starrte. Ich begab mich hinüber, bis ich neben ihm stand und entbot ihm höflich meine Segenswünsche.
– Welch schlechte Neuigkeit ist in unser Dorf vorgedrungen, sagte ich, oder aber ist es der Fall, daß den Gaelen eine neue Niederlage bevorsteht?
Ein Weilchen lang antwortete er nicht, und als er sprach, war die Heiserkeit des Schreckens in seiner Stimme. Er näherte seine Lippen meinen Ohren.
– Letzte Nacht, sagte er, war das Böse in Corkadoragha.
– Das Böse?
– Der Meerkater; sieh nur!
Er deutete mit dem Finger auf die Erde.
– Sieh dir die Spur an, sagte er, und diese Spur! Beide durchqueren das Land!
Ich machte ein leises Geräusch der Bestürzung.

– Das waren weder Kühe, noch Pferde, noch Schweine, noch sonstige irdische Wesen, die diese Spuren hinterlassen haben, sagte er schnell, sondern das war der Meerkater aus Donegal. Mögen wir alle behütet sein und in Sicherheit! Unglückselig, katastrophal, unaussprechlich sind das schwere Los und die Unbill, die nach diesem Tage über uns kommen werden. Natürlich wäre es besser für einen jeden, ins Meer zu springen und die Ewigkeit zu erreichen. So übel jener Ort auch sein mag; das Los, das uns ab jetzt in Corkadoragha erwartet, wird höllisch sein und unerträglich.
Ich stimmte ihm voll Trauer zu und machte mich davon. Ohne Zweifel bezogen sich die Bemerkungen von Martin und den Nachbarn auf meine Stiefelabdrücke. Ich hatte Angst davor, ihnen die Wahrheit mitzuteilen, denn sie hätten mich sicherlich verspottet oder Anstalten getroffen, mich umzubringen.
Das Wunder hielt zwei Tage lang an, und jeder erwartete, daß der Himmel einstürzte oder daß sich die Erde unter uns auftäte und die Menschen in eine niedere Region gefegt würden. Ich war indessen all die Zeit ganz unbesorgt, frei von Furcht, und ich genoß die besondere Kenntnis, die ich in meinem Herzen trug. Viele Leute beglückwünschten mich zu meinem Mut.
Am Morgen des dritten Tages bemerkte ich beim Aufstehen, daß wir Besuch hatten. Ein ausladend großer Fremdling stand draußen vor der Tür und unterhielt sich mit dem Alten-Knaben. Er trug gute marineblaue Kleidung, glänzende Knöpfe und große, schwere Stiefel. Ich hörte, daß er in bitterem Englisch sprach, während der Alte-Knabe sich mühte, ihn in Gaelisch und gebrochenem Englisch zu beschwichtigen. Als der

Fremde meiner im Ende des Hauses ansichtig wurde, hielt er mit Sprechen inne und sprang durch die Binsen, bis er mich erreicht hatte. Er war ein grober, beleibter Kerl, und er machte mein Herz beben vor Furcht. Er packte meinen Arm mit festem Griff.
– *Phwat is yer nam?* sagte er.
Vor lauter Angst verschluckte ich fast meine Zunge. Als ich wieder sprechen konnte, antwortete ich ihm:
– Jams O'Donnell.
Dann ließ er einen englischen Redefluß frei, der mich überwältigte wie die nächtlichen Wasser. Ich verstand kein einziges Wort. Der Alte-Knabe kam und sprach mit mir.
– Es war der Meerkater, da kann es keinen Zweifel geben, sagte er, und schon ist das erste Mißgeschick passiert. Was wir hier haben, nennt man einen Greifer, und du bist es, den er sucht.
Als ich diese Worte hörte, befiel mich ein heftiges nervöses Zittern. Der Greifer befreite einen zweiten englischen Redestrom.
– Er sagt, sagte der Alte-Knabe, irgendein Schurke habe vor kurzem in Galway einen Herrn umgebracht und ihm bei der Gelegenheit viele Goldstücke gestohlen. Er sagt, die Greifer hätten den Beweis, daß du vor einiger Zeit Sachen gegen Gold gekauft haben sollst, und er sagt ferner, daß du deinen gesamten Tascheninhalt auf den Tisch legen mußt.
Der Greifer stieß ein ärgerliches Bellen aus. Wenn es mir auch nicht gelang, die Worte zu verstehen, so war die Schroffheit seiner Worte doch verständlich genug. Ich legte den Inhalt meiner Taschen auf den Tisch, einschließlich der neunzehn Goldstücke. Er starrte erst

sie, dann mich an. Als er seine Augen gesättigt hatte, erbrach er neuerliche englische Rufe und verstärkte seinen Griff.
– Er sagt, sagte der Alte-Knabe, es wäre gut, wenn du mit ihm gingest.
Nachdem ich diese Anordnung gehört hatte, muß ich leider meine Sinne verloren haben, und meine Beherrschung von Leben und Gliedmaßen und eigener Person müssen minimal gewesen sein. Zu jenem Zeitpunkt im Ende des Hauses konnte ich die Nacht nicht vom hellichten Tag unterscheiden, geschweige den Regen von der dürren Trockenheit. Dunkelheit sammelte sich um mich, und Wahnsinn. Für lange Zeit nahm ich ringsum nichts wahr als den Griff, mit dem der Greifer mich gepackt hielt, und daß wir ferner selbander die Landstraße beschritten, davon, dahin, weit fort von Corkadoragha, wo ich mein Leben verbracht hatte und wo meine Freunde und Verwandten seit längst vergangenen Tagen lebten.
Halb erinnere ich mich, in einer großen Stadt gewesen zu sein, die von feinen Leuten wimmelte, die sämtlich Stiefel trugen; sie sprachen ernsthaft miteinander, indem sie vorübergingen und in Wagen klommen; es fiel kein Regen, und das Wetter war nicht kalt. Ich habe eine schwache Erinnerung daran, in einem prächtigen Palast gewesen zu sein; dann inmitten einer großen Ansammlung von Greifern, die mit mir und miteinander Englisch sprachen; dann wieder eine Zeitlang im Gefängnis. Nie verstand ich auch nur die geringste Einzelheit dessen, was um mich herum geschah, noch ein Wort von den Gesprächen, noch mein Verhör.[1]
Ganz flüchtig erinnere ich mich, in einem prunkvollen

Saal gewesen zu sein, und ich und noch andere standen vor einem Herrn, der eine weiße Perücke trug. Es waren noch viele andere elegante Leute da; einige sprachen, und andere hörten zu. Diese Angelegenheit zog sich über drei Tage hin, und ich faßte großes Interesse an allem, was es dort zu sehen gab. Nachdem all das vorüber war, wurde ich, glaube ich, wieder eingesperrt. Eines Morgens wurde ich früh geweckt, und man befahl mir, ich solle mich zum sofortigen Aufbruch vorbereiten. Dieser Befehl machte mir teils Sorgen, teils Freude. Ich war zwar während meiner Haft in Sicherheit und trocken und ohne Hunger gewesen, aber trotzdem sehnte ich mich nach meinen Leuten in Corkadoragha. Zu meinem Erstaunen jedoch schafften mich die Greifer nicht in die Stadt, sondern an einen Ort, den man einen *Bahnhof* nennt. Dort hielten wir uns eine gute Weile auf, und ich starrte voller Interesse die großen Wagen an, die vorüberfuhren und große, schwarze Gegenstände vor sich herschoben, welche schnaubten und husteten und erstickenden Qualm ausstießen. Ich bemerkte einen anderen Habenichts von gaelischer Erscheinung, der mit zwei Greifern den Bahnhof betrat, wobei er sich auf Englisch mit ihnen unterhielt.

Ich schenkte ihm weiter keine Beachtung, bis ich nach einer Weile fühlte, daß er neben mir stand und das Wort an mich richtete.

– Es ist ganz offenkundig, sagte er auf Gaelisch, daß Ihr zur Zeit in keiner guten Lage seid.

– Mir gefällt dieser Ort ganz gut, sagte ich.

– Versteht Ihr, sagte er, was diese Herren und die großen Tiere dieser Stadt Euch angetan haben?

– Ich verstehe gar nichts, sagte ich.

– Ihr habt neunundzwanzig Jahre Gefängnis bekommen, Freund, und in ebendieses andere Gefängnis bringt man Euch gerade.
Ich brauchte eine Weile, bis ich die Bedeutung seiner Rede ergründet hatte. Dann brach ich besinnungslos zusammen, und ich befände mich immer noch in diesem unwürdigen Zustand, wäre nicht der Eimer Wasser gewesen, den man über mich ausschüttete.
Als man mich wieder auf die Beine gestellt hatte, fühlte ich mich leicht im Kopf und nur halb bei Bewußtsein. Ich beobachtete, daß gewisse Waggons in den Bahnhof gekommen waren und daß ihnen Leute, die teils den feineren Ständen angehörten, teils auch Habenichtse waren, entstiegen. Ich faßte einen Mann ins Auge, und mein Blick blieb, ohne daß ich es gewollt hätte, auf ihm haften. Mir war klar, daß er etwas Vertrautes an sich hatte. Ich hatte ihn noch nie gesehen, aber sein Äußeres wies ihn nicht als einen Fremden aus. Er war ein alter Mann, gebeugt und gebrochen, und so dünn wie ein Grashalm. Er trug schmutzige Lumpen, ging barfuß, und seine zwei Augen brannten in einem verwitterten Schädel. Sie starrten mich an.
Furchtsam und sachte näherten wir uns einander, von Angst und Willkommensschmerz übermannt. Er zitterte, seine Lippen bebten, und Blitze zuckten aus seinen Augen. Leise sprach ich ihn auf englisch an.
– *Phwat is yer nam?*
– Jams O'Donnell! sagte er.
Verwunderung und Freude fuhren über mich hin wie die Blitze aus dem himmlischen Firmament. Mir schwand die Stimme, und fast schwanden mir auch wieder die Sinne.

Mein Vater! mein eigener Vater!! mein eigener kleiner Vater!!! mein Verwandter, mein Erzeuger, mein Freund!!!! Wir verschlangen einander eifrig mit den Augen, und ich bot ihm meine Hand dar.
- Der Name und Nachname, den ich trage, sagte ich, ist ebenfalls Jams O'Donnell. Ihr seid mein Vater, und es ist klar, daß Ihr soeben aus dem Kahn kommt.
- Mein Sohn! sagte er. Mein kleiner Sohn!! mein kleiner Sohnemann!!!
Er ergriff meine Hand und fraß und verschluckte mich mit den Augen. Wie groß auch die Freude sein mochte, die ihn jetzt überflutete; ich bemerkte doch, daß der häßliche Bursche nicht bei bester Gesundheit war; sicher bekam ihm das Freudengelage, das ihm mein Anblick zu jener Stunde auf dem Bahnhof bereitete, nicht gut: er war so weiß wie Schnee geworden, und Speichel tropfte von seinen Mundwinkeln.
- Man sagt mir, sagte ich, ich hätte neunundzwanzig Jahre im selben Kahn bekommen.
Ich wünschte, wir hätten uns unterhalten können; ich wünschte, die unheimlichen Blicke, die uns beide verwirrten, hätten aufgehört. Ich sah, wie Milde in seine Augen schlich und wie in seine Glieder Ruhe einkehrte. Er hob den Finger.
- Auch ich habe neunundzwanzig Jahre im Kahn verbracht, sagte er, und das ist gewiß kein angenehmer Ort.
- Sagt meiner Mutter, sagte ich, daß ich zurück...
Eine starke Hand ergriff plötzlich die rückwärtige Abteilung meiner Lumpen und zerrte mich roh davon. Ein Greifer war es, der mich so barsch angriff. Ein vernichtender Hieb in mein Kreuz ließ mich in eine laufende Gangart fallen.

- *Kum along, blashketman!* sagte der Greifer.
Ich wurde in einen Waggon gestoßen, und wir traten umgehend unsere Reise an. Corkadoragha lag – vielleicht für immer – hinter mir, und ich war auf dem Weg in ein weit entferntes Gefängnis. Ich fiel auf den Boden und weinte einen Kopfvoll Tränen.
Ja! dies war das erstemal, daß ich meinen Vater sah und daß mein Vater mich sah; einen schwächlichen Moment lang auf dem Bahnhof und dann – ewige Trennung. Ich habe wirklich zeit meines Lebens am gaelischen Ungemach gelitten – Kummer, Not, schlechte Behandlung, Widrigkeiten, Unheil, Ungerechtigkeit, Elend, Hungersnot und Mißgeschick.
Ich glaube nicht, daß es meinesgleichen jemals wieder geben wird!

Anmerkungen

(D.: *An Béal Bocht,* Dolmen Press, Dubliner Ausgabe 1964)

1. Kapitel

1 *Zerstreuungen:* In D. als *divarsions;* wird in einer Fußnote als *scléip* (svw. Spaß, Ausgelassenheit) erklärt.
2 *Abenteuer:* In D. als *advintures;* wird in einer Fußnote als *eachtrai* (svw. Abenteuer) erklärt.
3 *... im Ende des Hauses ...:* Diese Redewendung erscheint ständig im Text; auf Gaelisch heißt sie *toin an ti* (in wörtlicher Übersetzung svw. das Hinterteil des Hauses!)
4 *... ein Kind in der Asche:* Übersetzung eines Sprachklischees, welches Máire (Séamas Ó Grianna) in seinen Romanen mit großer Beständigkeit gebraucht (ina thachrán ar fud a'ghriosaigh).
5 *Erklärung:* In D. gebraucht Myles das Wort *axplinayshin,* welches er in einer Fußnote erklärt: *cúis, bun an scéil* (Grund, Basis der Geschichte).
6 *Tiere:* Myles gebrauchte das Wort *béastana,* und er erklärt es in einer Fußnote als *beithidhigh;* vgl. auch *Béarla ›bastes‹ (Tiere;* engl. *beasts,* bzw. *›bastes‹!).*
7 *... daß es seinesgleichen jemals wieder geben wird:* Diese Übersetzung der gefeierten Redewendung, die Tomás Ó Criomhthainn in seinem *An t-Oileánach* (Dublin, 1927) gern gebrauchte, ist einer der immerwiederkehrenden Aussprüche, die Myles in *An Béal Bocht* verwendet. Bei Ó Criomhthainn lautet diese Feststellung: »... mar ná beidh ár leithédi aris ann« (denn unseresgleichen wird es nie wieder geben).

3. Kapitel

1 *Graue Woll-Breeches:* In Gaelisch taucht diese Phrase als ›bristi de ghlas na gcaroach‹ in Büchern auf, welche Verfasser vom Schlage eines Máire zum Autor haben. Die Wolle wird nicht gefärbt. Im allgemeinen erwähnen die gaelischen Autoren nur die Breeches, als ob das Kind sonst nichts anzuziehen hätte!
2 *Bonaparte ...:* Auf Gaelisch heißt dies ›Bonapáirt Micheálangaló Pheadair Eoghain Shorcha Thomáis Mháire Sheáin Shéamais Dhiarmada ...‹ Das ist zwar von größerem Wohllaut als die Übersetzung, aber hier besitzt das Gaelische den klaren Vorteil, bei

jedem Wort, das auf das erste Wort folgt, den Genitiv in Anwendung bringen zu können.
3 *Jams O'Donnell:* In Máires Roman *Mo Dhá Róisin* erzählt der Autor von einem Schüler, der anläßlich seines ersten Schultags zum erstenmal seinen offiziellen Namen, *James Gallagher,* hört. Er hatte ihn vorher noch nie vernommen! Myles scheint diesen Namen als Gattungsbezeichnung für den Mann der Gaeltacht zu verwenden, so, wie er sich jenen darstellt, die außerhalb seines sumpfigen, regnerischen Ghettos leben.
4 *Sor:* In D. steht das Wort in dieser Schreibweise für *Sir.* Das gaelische Wortspiel ist unübersetzbar –: *sor* bedeutet *Laus!*
5 *Grammophon:* In D. lautet das Wort *gramofón,* in den früheren Ausgaben dagegen *gramafón.* In diesen länger zurückliegenden Auflagen ist auch eine Fußnote enthalten (die in D. ausgelassen wurde), welche das Wort *fónagram* als Erklärung anbietet.
6 *Jimmy Tim Pat:* Soll natürlich *Jimmy, der Sohn des Tim, des Sohnes des Pat* heißen, wurde aber so belassen, wie es im Gaelischen lautet, weil diese Form der Nomenklatur auch heute noch in Teilen von Limerick, Cork und Kerry – zumindest auf dem Lande – weithin gebräuchlich ist. Sie beschränkt sich jedoch auf maximal drei Namen – im Gegensatz zur scherzhaften Anrufung der Vorfahren, auf die sich Anmerkung 2 weiter oben bezieht.

4. Kapitel

1 *Pater Peter:* Hier handelt es sich um Pater Peter O'Leary (an t-Athair Peadar Ó Laoghaire), jenen Priester aus Cork, dessen beständiges Eintreten für den Gebrauch gewöhnlicher Alltagssprache in der gaelischen Literatur einen bestimmenden Einfluß auf die moderne Literatur in dieser Sprache hatte.
2 *Mein Freund Drumroosk:* Im Original lautet dies: *Mo Chara Droma Rúisc,* und das kann entweder *My Carrick-on-Shannon* oder, wie oben, *Mein Freund D.* bedeuten. Das Wortspiel ist unübersetzbar.
3 *Keine Freiheit ohne Monarchie:* Dies lautet im Original *Ní saoirse go Seoirse – Keine Freiheit ohne George.* Um den wohlklingenden Silbenfall aus dem Gaelischen herüberzuretten, wurde das Wort *Monarchie* verwendet.
4 *... Mißgeschick ... Mißgeschick ... :* Der original-gaelische Ausdruck *Thit an lug ar an lag orm* bedeutet *ich verzagte vollends,* während es – wörtlich übersetzt – *Mein Ohr fiel auf die Daube!*

heißt. Um Sinn und Stil zu erhalten, wurde das Wort *Mißgeschick* verwendet.

5. Kapitel

1 *Schatten:* Dies ist als Kommentar zu jenem gaelischen Ausdruck *Ar scáth a chéile a mhaireann na daoine* (Die Menschen leben in anderer Menschen Schatten) zu verstehen, und es bedeutet, daß die *Menschen voneinander abhängig* sind.
2 In diesem gesamten Kapitel werden hin und wieder Brocken des Dialekts von Ulster verwendet. Außer in einigen wenigen Fällen wurden sie in der Übersetzung nicht verwertet.
3 *Séadna:* Dies ist der Titel eines berühmten Buchs von Fr. Peter O'Leary (1904 erschienen), seines einflußreichsten Werks, sowie auch eines Buchs, das für die moderne gaelische Literatur von hervorragender Bedeutung ist.

7. Kapitel

1 In Gaelisch wurde die Redensart ›*Beidh lá eile ag an bPaorach!*‹ (Auch für Power kommt der Tag) vermutlich zum erstenmal von Edmund Power aus Dungarvan im Herbst des Jahres 1798 verwendet, als er unterm Galgen stand, eine Stellung übrigens, die die Hoffnung, die sich in diesem Ausspruch niederschlug, gründlich zunichte machte! In *An Béal Bocht* wird diese Redensart durch das ›Es kommt der Tag auch für O'Sanassa‹ parodiert. Übrigens befand sich das Originalzitat oft auf den Lippen von Mr Eamon de Valera.

8. Kapitel

1 *Maeldoon O'Poenassa:* Man beachte, daß *Immram Maile Dúin* (Die Reise des Maeldoon), eine alte gaelische Geschichte aus dem achten oder neunten Jahrhundert, Myles mit dem Namen des Herrn in diesem Kapitel versorgte, der durch die Wogen der Sintflut bis zum Hungerfeim schiffte.
2 und
3 Diese Abschnitte des Kapitels sind in einer Art des Gaelischen abgefaßt, wie sie in der Zeitspanne von 1000 bis 1250 n. Chr. Geb. gebräuchlich war.

9. Kapitel

1 Die Versicherung O'Coonassas, er habe während seines Verhörs und, später, bei der Urteilsverkündung kein Wort verstanden, läßt uns an eine große Zahl von Rechtsbeugungen denken, denen die gaelischsprechende Bevölkerung zur Zeit der britischen Herrschaft ausgesetzt war. Als besonders flagrantes Beispiel sei die Erhängung der Familie Joyce zu Dublin im letzten Jahrhundert genannt, welcher ein Prozeß vorausgegangen war, den die Joyces nicht verstanden, und der ihnen wegen eines Verbrechens gemacht worden war, das sie nie begangen hatten.

suhrkamp taschenbücher
Eine Auswahl

Abish: Wie deutsch ist es. st 1135
Achternbusch: Die Alexanderschlacht. st 1232
– Die Atlantikschwimmer. st 1233
– Das Haus am Nil. st 1394
– Wind. st 1395
Adorno: Erziehung zur Mündigkeit. st 11
Aitmatow: Dshamilja. st 1579
– Der weiße Dampfer. st 51
Alain: Die Pflicht, glücklich zu sein. st 859
Allende: Das Geisterhaus. st 1676
– Von Liebe und Schatten. st 1735
Anders: Erzählungen. st 432
Arendt: Die verborgene Tradition. st 303
The Best of H. C. Artmann. st 275
Augustin: Eastend. st 1176
Ba Jin: Die Familie. st 1147
Bachmann: Malina. st 641
Bahlow: Deutsches Namenlexikon. st 65
Ball: Hermann Hesse. st 385
Ball-Hennings: Briefe an Hermann Hesse. st 1142
Ballard: Billennium. PhB 96. st 896
– Die Dürre. PhB 116. st 975
– Hallo Amerika! PhB 95. st 895
– Der tote Astronaut. PhB 107. st 940
Barnet: Das Lied der Rahel. st 966
Barthelme: Moondeluxe. st 1503
Barthes: Fragmente einer Sprache der Liebe. st 1586

Baur: Überleben. st 1098
Becker, Jürgen: Gedichte. st 690
Becker, Jurek: Aller Welt Freund. st 1151
– Bronsteins Kinder. st 1517
– Jakob der Lügner. st 774
– Schlaflose Tage. st 626
Beckett: Der Ausgestoßene. L'Expulsé. The Expelled. st 1006
– Endspiel. st 171
– Glückliche Tage. st 248
– Malone stirbt. st 407
– Mercier und Camier. st 943
– Molloy. st 229
– Warten auf Godot. st 1
– Watt. st 46
Behrens: Die weiße Frau. st 655
Beig: Hermine. st 1303
– Hochzeitslose. st 1163
– Rabenkrächzen. st 911
Benjamin: Angelus Novus. st 1512
Deutsche Menschen. Eine Folge von Briefen. st 970
– Illuminationen. st 345
Benjamin / Scholem: Briefwechsel 1933-1940. st 1211
Berkéwicz: Adam. st 1664
– Josef stirbt. st 1125
Bernhard: Alte Meister. st 1553
– Amras. st 1506
– Beton. st 1488
– Die Billigesser. st 1489
– Holzfällen. st 1523
– Ja. st 1507
– Korrektur. st 1533
– Der Stimmenimitator. st 1473
– Stücke 1. st 1524
– Stücke 2. st 1534
– Stücke 3. st 1544

suhrkamp taschenbücher
Eine Auswahl

Bernhard: Stücke 4. st 1554
- Ungenach. st 1543
- Der Untergeher. st 1497
- Verstörung. st 1480
- Watten. st 1498
Bioy Casares: Morels Erfindung. PhB 106. st 939
- Der Traum der Helden. st 1185
Blackwood: Die gefiederte Seele. PhB 229. st 1620
- Der Tanz in den Tod. PhB 83. st 848
Blatter: Kein schöner Land. st 1250
- Die Schneefalle. st 1170
- Wassermann. st 1597
Bohrer: Ein bißchen Lust am Untergang. st 745
Brasch: Der schöne 27. September. st 903
Braun, V.: Gedichte. st 499
- Hinze-Kunze-Roman. st 1538
Bertolt Brechts Dreigroschenbuch. st 87
Brecht: Gedichte. st 251
- Gedichte für Städtebewohner. st 640
- Gedichte über d. Liebe. st 1001
- Geschichten vom Herrn Keuner. st 16
Brecht-Liederbuch. st 1216
Brentano, B.: Berliner Novellen. st 568
Broch: Die Verzauberung. st 350
- Die Schuldlosen. st 209
- Massenwahntheorie. st 502
Brod: Der Prager Kreis. st 547
Buch: Die Hochzeit von Port-au-Prince. st 1260
- Karibische Kaltluft. st 1140

Cabrera Infante: Drei traurige Tiger. st 1714
Cain: Serenade in Mexiko. st 1164
Campbell: Der Heros in tausend Gestalten. st 424
Carossa: Der Arzt Gion. st 821
- Ungleiche Welten. st 521
Carpentier: Explosion in der Kathedrale. st 370
- Die Harfe und der Schatten. st 1024
Carroll: Schlaf in den Flammen. PhB 252. st 1742
Celan: Gesammelte Werke in fünf Bänden. st 1331/1332
Christo: Der Reichstag. st 960
Cioran: Syllogismen der Bitterkeit. st 607
Clarín: Die Präsidentin. st 1390
Cortázar: Alle lieben Glenda. st 1576
- Bestiarium. st 543
- Rayuela. st 1462
Dorst: Merlin oder Das wüste Land. st 1076
Duerr: Sedna oder die Liebe zum Leben. st 1710
Duras: Heiße Küste. st 1581
- Hiroshima mon amour. st 112
- Der Lastwagen. st 1349
- Der Liebhaber. st 1629
- Ein ruhiges Leben. st 1210
Eich: Fünfzehn Hörspiele. st 120
Eliade: Bei den Zigeunerinnen. st 615
- Kosmos und Geschichte. st 1273
- Yoga. st 1127
Eliot: Werke. 4 Bde.

suhrkamp taschenbücher
Eine Auswahl

Enzensberger: Ach Europa!
st 1690
– Gedichte. st 1360
– Der kurze Sommer der Anarchie. st 395
– Politische Brosamen. st 1132
Fanon: Schwarze Haut, weiße Masken. st 1186
Federspiel: Böses. st 1729
– Die Liebe ist eine Himmelsmacht. st 1529
– Massaker im Mond. st 1286
– Paratuga kehrt zurück. st 843
Feldenkrais: Bewußtheit durch Bewegung. st 429
– Die Entdeckung des Selbstverständlichen. st 1440
Fleißer: Abenteuer aus dem Englischen Garten. st 925
– Ein Pfund Orangen. st 991
– Eine Zierde für den Verein. st 294
Franke: Der Atem der Sonne. PhB 174. st 1265
– Endzeit. PhB 150. st 1153
– Keine Spur von Leben. PhB 62. st 741
– Tod eines Unsterblichen. PhB 69. st 772
– Zone Null. PhB 35. st 585
Freund: Drei Tage mit James Joyce. st 929
Frisch: Gesammelte Werke in zeitlicher Folge. 7 Bde. st 1401-1407
– Andorra. st 277
– Herr Biedermann und die Brandstifter. Rip van Winkle. st 599
– Homo faber. st 354
– Mein Name sei Gantenbein. st 286
– Der Mensch erscheint im Holozän. st 734
– Montauk. st 700
– Stiller. st 105
Fromm, Erich / Daisetz Teitaro Suzuki / Richard de Martino: Zen-Buddhismus und Psychoanalyse. st 37
Fühmann: 22 Tage oder Die Hälfte des Lebens. st 463
– Bagatelle, rundum positiv. st 426
Fuentes: Nichts als das Leben. st 343
Gabeira: Die Guerilleros sind müde. st 737
Gandhi: Mein Leben. st 953
García Lorca: Dichtung vom Cante Jondo. st 1007
– Das Publikum. Komödie ohne Titel. st 1207
Gauland: Gemeine und Lords. st 1650
Genzmer: Manhattan Bridge. st 1396
Ginzburg: Caro Michele. st 853
– Mein Familien-Lexikon. st 912
Goetz: Irre. st 1224
Goytisolo: Johann ohne Land. st 1541
– Rückforderung des Conde don Julián. st 1278
Gulyga: Immanuel Kant. st 1093
Handke: Die Abwesenheit. st 1713
– Die Angst des Tormanns beim Elfmeter. st 27
– Der Chinese des Schmerzes. st 1339

suhrkamp taschenbücher
Eine Auswahl

Handke: Das Ende des Flanierens. st 679
- Kindergeschichte. st 1071
- Langsame Heimkehr. st 1069
- Die Lehre der Sainte-Victoire. st 1070
- Die linkshändige Frau. st 560
- Die Stunde der wahren Empfindung. st 452
- Über die Dörfer. st 1072
- Wunschloses Unglück. st 146
Hart Nibbrig: Spiegelschrift. st 1464
Hesse: Gesammelte Werke. 12 Bde. st 1600
- Berthold. st 1198
- Casanovas Bekehrung und Pater Matthias. st 1196
- Demian. st 206
- Gertrud. st 890
- Das Glasperlenspiel. st 79
- Innen und Außen. st 413
- Karl Eugen Eiselein. st 1192
- Klein und Wagner. st 116
- Kleine Freuden. st 360
- Klingsors letzter Sommer. st 1195
- Knulp. st 1571
- Die Kunst des Müßiggangs. st 100
- Kurgast. st 383
- Ladidel. st 1200
- Der Lateinschüler. st 1193
- Legenden. st 909
- Die Morgenlandfahrt. st 750
- Narziß und Goldmund. st 274
- Die Nürnberger Reise. st 227
- Peter Camenzind. st 161
- Robert Aghion. st 1379
- Roßhalde. st 312
- Schön ist die Jugend. st 1380
- Siddhartha. st 182
- Der Steppenwolf. st 175
- Unterm Rad. st 52
- Der vierte Lebenslauf Josef Knechts. st 1261
- Walter Kömpff. st 1199
- Der Weltverbesserer und Doktor Knölges Ende. st 1197
- Der Zyklon. st 1377
Hildesheimer: Das Ende der Fiktionen. st 1539
- Marbot. st 1009
- Mitteilungen an Max über den Stand der Dinge. st 1276
- Die Theaterstücke. st 1655
Hohl: Die Notizen. st 1000
Horváth: Gesammelte Werke. 15 Bde. st 1051-1065
- Don Juan kommt aus dem Krieg. st 1059
- Geschichten aus dem Wiener Wald. st 1054
- Glaube Liebe Hoffnung. st 1056
- Italienische Nacht. st 1053
- Ein Kind unserer Zeit. st 1064
- Jugend ohne Gott. st 1063
Hrabal: Erzählungen, Moritaten und Legenden. st 804
- Harlekins Millionen. st 1615
- Ich habe den englischen König bedient. st 1754
- Das Städtchen am Wasser. st 1613-1615
Hürlimann: Die Tessinerin. st 985
Hughes: Ein Sturmwind auf Jamaika. st 980
Im Jahrhundert der Frau. st 1011

suhrkamp taschenbücher
Eine Auswahl

Innerhofer: Die großen Wörter. st 563
- Schöne Tage. st 349

Inoue: Die Eiswand. st 551
- Der Stierkampf. st 944

Janker: Zwischen zwei Feuern. st 1251

Johnson: Berliner Sachen. st 249
- Das dritte Buch über Achim. st 169
- Ingrid Babendererde. st 1387
- Karsch und andere Prosa. st 1753
- Mutmassungen über Jakob. st 147
- Eine Reise nach Klagenfurt. st 235

Jonas: Materie, Geist und Schöpfung. st 1580
- Das Prinzip Verantwortung. st 1085

Joyce: Anna Livia Plurabelle. st 751

T. S. Eliots Joyce-Lesebuch. st 1398

Kaminski: Herzflattern. st 1080
- Nächstes Jahr in Jerusalem. st 1519

Kaschnitz: Jennifers Träume. st 1022
- Kein Zauberspruch. st 1310
- Liebesgeschichten. st 1292

Kirchhoff: Mexikanische Novelle. st 1367
- Ohne Eifer, ohne Zorn. st 1301

Koch: Der Prozeß Jesu. st 1362
- See-Leben. st 783

Koeppen: Gesammelte Werke in 6 Bänden. st 1774
- Amerikafahrt. st 802
- Angst. st 1459
- Die elenden Skribenten. st 1008
- Die Mauer schwankt. st 1249
- Tauben im Gras. st 601
- Der Tod in Rom. st 241
- Das Treibhaus. st 78

Kolleritsch: Gedichte. st 1590

Konrád: Der Besucher. st 492
- Der Komplize. st 1220

Kracauer: Die Angestellten. st 13
- Kino. st 126
- Das Ornament der Masse. st 371

Kraus: Aphorismen. st 1318
- Die letz ten Tage der Menschheit. st 1320
- Die Sprache. st 1317
- Die chinesische Mauer. st 1312
- Literatur und Lüge. st 1313
- Sittlichkeit und Kriminalität. st 1311
- Weltgericht I / Weltgericht II. st 1315/1316

Karl-Kraus-Lesebuch. st 1435

Kroetz: Der Mondscheinknecht. st 1039
- Der Mondscheinknecht. Fortsetzung. st 1241
- Stücke I-IV. st 1677-1680

Kühn: Der Himalaya im Wintergarten. st 1026
- Die Kammer des schwarzen Lichts. st 1475
- Und der Sultan von Oman. st 758

Kundera: Das Buch vom Lachen und vom Vergessen. st 868

Laederach: Laederachs 69 Arten den Blues zu spielen. st 1446

suhrkamp taschenbücher
Eine Auswahl

Laederach: Nach Einfall der
  Dämmerung. st 814
– Sigmund oder Der Herr der
  Seelen tötet seine. st 1235
Lao She: Die Stadt der Katzen.
  PhB 151. st 1154
Least Heat Moon: Blue High-
  ways. st 1621
Lem: Also sprach GOLEM.
  PhB 175. st 1266
– Die Astronauten. PhB 16.
  st 441
– Frieden auf Erden. PhB 220.
  st 1574
– Der futurologische Kongreß.
  PhB 29. st 534
– Das Katastrophenprinzip.
  PhB 125. st 999
– Lokaltermin. PhB 200. st 1455
– Robotermärchen. PhB 85.
  st 856
– Sterntagebücher. PhB 20.
  st 459
– Waffensystem des 21. Jahrhun-
  derts. PhB 124. st 998
Lenz, H.: Die Augen eines Die-
  ners. st 348
– Ein Fremdling. st 1491
– Der Kutscher und der Wappen-
  maler. st 934
– Neue Zeit. st 505
– Der Tintenfisch in der Garage.
  st 620
– Der Wanderer. st 1492
Leutenegger: Gouverneur.
  st 1341
– Ninive. st 685
Lezama Lima: Paradiso. st 1005
Lovecraft: Azathoth. PhB 230.
  st 1627
– Berge des Wahnsinns.
  PhB 258. st 1780
– Der Fall Charles Dexter Ward.
  PhB 260. st 1782
– Stadt ohne Namen. PhB 52.
  st 694
Majakowski: Her mit dem schö-
  nen Leben. st 766
Mayer: Außenseiter. st 736
– Ein Deutscher auf Widerruf.
  Bd. 1. st 1500
– Ein Deutscher auf Widerruf.
  Bd. 2. st 1501
– Georg Büchner und seine Zeit.
  st 58
– Thomas Mann. st 1047
Mayröcker: Die Abschiede.
  st 1408
– Ausgewählte Gedichte. st 1302
Meier, G.: Toteninsel. st 867
Meyer, E. Y.: In Trubschachen.
  st 501
– Ein Reisender in Sachen Um-
  sturz. st 927
– Die Rückfahrt. st 578
Miller: Am Anfang war Erzie-
  hung. st 951
– Bilder einer Kindheit. st 1158
– Das Drama des begabten Kin-
  des. st 950
– Du sollst nicht merken. st 952
Miłosz: Verführtes Denken. st 278
Mitscherlich: Ein Leben für die
  Psychoanalyse. st 1010
– Massenpsychologie ohne Res-
  sentiment. st 76
– Thesen zur Stadt der Zukunft.
  st 10
Morshäuser: Die Berliner Simu-
  lation. st 1293

suhrkamp taschenbücher
Eine Auswahl

Morshäuser: Blende. st 1585
- Nervöse Leser. st 1715

Moser: Gottesvergiftung. st 533
- Grammatik der Gefühle. st 897
- Kompaß der Seele. st 1340
- Lehrjahre auf der Couch. st 352
- Stufen der Nähe. st 978

Muschg: Albissers Grund. st 334
- Baiyun oder die Freundschaftsgesellschaft. st 902
- Entfernte Bekannte. st 510
- Fremdkörper. st 964
- Gegenzauber. st 665
- Im Sommer des Hasen. st 263
- Das Licht und der Schlüssel. st 1560

Museum der modernen Poesie. st 476

Neruda: Liebesbriefe an Albertina Rosa. st 829

Nizon: Canto. st 319

Nossack: Aus den Akten der Kanzlei Seiner Exzellenz … st 1468
- Begegnung im Vorraum. st 1177
- Bereitschaftsdienst. st 1460

Onetti: Das kurze Leben. st 661
- So traurig wie sie. st 1601

Oz: Im Lande Israel. st 1066
- Mein Michael. st 1589
- Der perfekte Frieden. st 1747

Paz: Essays. 2 Bde. st 1036

Pedretti: Harmloses, bitte. st 558
- Die Zertrümmerung von dem Kind Karl. st 1156

Ernst Penzoldts schönste Erzählungen. st 216

Percy: Der Idiot des Südens. st 1531
- Lancelot. st 1391

Phantastische Begegnungen. PhB 250. st 1741

Platschek: Über die Dummheit in der Malerei. st 1139

Plenzdorf: Gutenachtgeschichte. st 958
- Legende vom Glück ohne Ende. st 722
- Die neuen Leiden des jungen W. st 300

Poniatowska: Stark ist das Schweigen. st 1438

Proust: Auf der Suche nach der verlorenen Zeit. 10 Bde.
- Briefe zum Leben. st 464

Puig: Der Kuß der Spinnenfrau. st 869
- Der schönste Tango der Welt. st 474
- Verraten von Rita Hayworth. st 344

Ribeiro: Maíra. st 809

Rochefort: Frühling für Anfänger. st 532
- Eine Rose für Morrison. st 575
- Die Welt ist wie zwei Pferde. st 1244
- Zum Glück gehts dem Sommer entgegen. st 523

Rodoreda: Auf der Plaça del Diamant. st 977
- Der zerbrochene Spiegel. st 1494

Rolfs: Rost im Chrom. st 1648

Russell: Eroberung des Glücks. st 389

suhrkamp taschenbücher
Eine Auswahl

Sanzara: Die glückliche Hand. st 1184
- Das verlorene Kind. st 910

Schimmang: Das Ende der Berührbarkeit. st 739
- Der schöne Vogel Phönix. st 527

Schivelbusch: Intellektuellendämmerung. st 1121

Schneider, R.: Philipp der Zweite. st 1412
- Dem lebendigen Geist. st 1419

Semprun: Die große Reise. st 744
- Was für ein schöner Sonntag. st 972
- Yves Montand: Das Leben geht weiter. st 1279
- Der zweite Tod des Ramón Mercader. st 564

Shaw: Der Aufstand gegen die Ehe. st 328
- Mensch und Übermensch. st 987

Sloterdijk: Der Zauberbaum. st 1445

Soriano: Das Autogramm. st 1252

Steiner, J.: Auf dem Berge Sinai sitzt der Schneider Kikrikri. st 1572
- Ein Messer für den ehrlichen Finder. st 583
- Das Netz zerreißen. st 1162

Sternberger: Drei Wurzeln der Politik. st 1032
- Herrschaft und Vereinbarung. st 1289
- Die Politik und der Friede. st 1237

Stierlin: Delegation und Familie. st 831
- Eltern und Kinder. st 618
- Das Tun des Einen ist das Tun des Anderen. st 313

Struck: Lieben. st 567
- Die Mutter. st 489

Strugatzki / Strugatzki: Der ferne Regenbogen. PhB 111. st 956
- Die häßlichen Schwäne. PhB 177. st 1275
- Eine Milliarde Jahre vor dem Weltuntergang. PhB 186. st 1338

Tendrjakow: Die Abrechnung. st 965
- Frühlingsspiel. st 1364

Unseld: Der Autor und sein Verleger. st 1204
- Begegnungen mit Hermann Hesse. st 218
- Peter Suhrkamp. st 260

Vargas Llosa: Gespräch in der Kathedrale. st 1015
- Der Hauptmann und sein Frauenbataillon. st 959
- Der Krieg am Ende der Welt. st 1343
- Tante Julia und der Kunstschreiber. st 1520

Wachenfeld: Camparirot. st 1608

Walser, M.: Die Anselm Kristlein Trilogie. st 684
- Brandung. st 1374
- Dorle und Wolf. st 1700
- Ehen in Philippsburg. st 1209
- Ein fliehendes Pferd. st 600
- Halbzeit. st 94
- Jenseits der Liebe. st 525
- Liebeserklärungen. st 1259

suhrkamp taschenbücher
Eine Auswahl

Walser, M.: Die Ohrfeige.
  st 1457
– Das Schwanenhaus. st 800
– Seelenarbeit. st 901
Walser, R.: Der Räuber. st 1112
– Der Spaziergang. st 1105
– Fritz Kochers Aufsätze.
  st 1101
– Geschwister Tanner. st 1109
– Jakob von Gunten. st 1111
– Seeland. st 1107
– Wenn Schwache sich für stark
  halten. st 1117
Watts: Der Lauf des Wassers.
  st 878
– Vom Geist des Zen. st 1288

Weber-Kellermann: Die deutsche
  Familie. st 185
Weiß, E.: Franziska. st 785
– Der Aristokrat. st 792
– Georg Letham. st 793
– Der Augenzeuge. st 797
Weiss, P.: Das Duell. st 41
– In Gegensätzen denken. st 1582
Wilhelm: Die Wandlung. st 1146
Wilson: Brüchiges Eis. st 1336
Winkler: Das wilde Kärnten.
  3 Bde. st 1042-1044
Zeemann: Einübung in Katastrophen. st 565
– Das heimliche Fest. st 1285
Zweig: Brasilien. st 984